OS DADOS
ESTÃO LANÇADOS

JEAN-PAUL SARTRE

tradução
Lucy Risso Moreira Cesar

OS DADOS
ESTÃO LANÇADOS

PAPIRUS EDITORA

Título original em francês: *Les jeux sont faits*
© Les Éditions Nagel, S.A. Paris, 1968

Tradução	Lucy Risso Moreira Cesar
Capa	Francis Rodrigues
Coordenação	Ana Carolina Freitas
Copidesque	Lucélia Caravieri Temple
Diagramação	DPG Editora
Revisão	Lucélia Caravieri Temple e Simone Ligabo

Dados Internacionais de Catalogação na Publicação (CIP)
(Câmara Brasileira do Livro, SP, Brasil)

Sartre, Jean-Paul, 1905-1980
Os dados estão lançados/Jean-Paul Sartre; Tradução: Lucy Risso Moreira Cesar – 6ª ed. – Campinas, SP – Papirus, 2013.

Título original: Les jeux sont faits.
ISBN 978-85-308-0187-8

1. Romance francês I. Título.

13-00894 CDD-843

Índice para catálogo sistemático:
1. Romances: Literatura francesa   843

6ª Edição – 2013
7ª Reimpressão – 2025
Tiragem: 60 exs.

Exceto no caso de citações, a grafia deste livro está atualizada segundo o Acordo Ortográfico da Língua Portuguesa adotado no Brasil a partir de 2009.

Proibida a reprodução total ou parcial da obra de acordo com a lei 9.610/98.
Editora afiliada à Associação Brasileira dos Direitos Reprográficos (ABDR).

DIREITOS RESERVADOS PARA A LÍNGUA PORTUGUESA:
© M.R. Cornacchia Editora Ltda. – Papirus Editora
R. Barata Ribeiro, 79, sala 316 – CEP 13023-0 – Vila Itapura
Fone: (19) 3790-1300 – Campinas – São Paulo – Brasil
E-mail: editora@papirus.com.br – www.papirus.com.br

OS DADOS ESTÃO LANÇADOS

O QUARTO DE EVE

Um quarto onde as persianas semicerradas deixam penetrar apenas uma réstia de claridade.

Um raio de luz descobre a mão de uma mulher cujos dedos crispados arranham um cobertor de pele. A luz realça o brilho do ouro de uma aliança e depois, deslizando ao longo do braço, descobre o rosto de Eve Charlier. De olhos fechados, narinas contraídas, ela parece sofrer, agita-se e geme.

Uma porta se abre e, no vão, um homem se imobiliza. Trajado com elegância, bem moreno, de belos olhos escuros, bigode à americana, aparenta ter uns 35 anos. É André Charlier.

Olha intensamente sua mulher, mas só há nesse olhar uma atenção fria, despojada de ternura.

Entra, fecha a porta sem barulho, atravessa o quarto na ponta dos pés e se aproxima de Eve, que não o ouviu entrar.

Deitada na cama, veste, por cima da camisola, um penhoar muito elegante. O cobertor de pele cobre-lhe as pernas.

Por um momento, André Charlier contempla a mulher cujo rosto exprime sofrimento; em seguida, ele se inclina e chama suavemente:

— Eve... Eve...

Eve não abre os olhos. De rosto crispado, Eve adormeceu.

André se ergue, olha para o criado-mudo sobre o qual se encontra um copo d'água. Tira do bolso um pequeno frasco conta-gotas, aproxima-o do copo e, lentamente, nele derrama algumas gotas.

Porém, como Eve mexe a cabeça, ele torna a pôr rapidamente o frasco no bolso e contempla com um olhar penetrante e duro a mulher adormecida.

A SALA DE VISITAS DOS CHARLIER

Na sala de visitas contígua, uma moça apoiada na janela escancarada, olha para fora. Da rua, eleva-se e se aproxima o barulho cadenciado de uma tropa em marcha.

André Charlier entra na sala e fecha a porta. Mostra agora um semblante preocupado.

Ao barulho da porta que se fecha, a moça se volta. Ela é linda, jovem, 17 anos talvez – e, embora séria e tensa, ainda tem um rostinho de menina.

OS DADOS ESTÃO LANÇADOS

Fora, ao ritmo das botas que martelam o chão, ressoa um canto de marcha, rouco, cadenciado.

Com um gesto brusco, a moça fecha a janela; é evidente que mal domina o nervosismo, e, ao virar-se, é com irritação que diz:

– Não param de desfilar desde cedo!

Como se não a visse, André dá alguns passos e, com ar muito simulado, se detém junto a um sofá. Ansiosa, a jovem aproxima-se e interroga-o com os olhos. Ele levanta a cabeça, lança-lhe um rápido olhar e diz em seguida com um trejeito fatalista:

– Está dormindo...

– Você acha que ela pode ficar boa?

André não responde.

A moça, irritada, coloca um joelho sobre o sofá e puxa a manga de André. Ela está prestes a chorar. Subitamente explode:

– Não me trate como uma criança! Responda.

André olha para a jovem cunhada, acaricia-lhe suavemente os cabelos e murmura com uma voz à qual tenta imprimir ternura fraternal e dor contida:

– Você vai precisar de muita coragem, Lucette.

Lucette rompe em soluços e encosta a cabeça na beira do sofá. Seu desespero é sincero, profundo, mas muito infantil e muito egoísta; ela não passa ainda de uma criança mimada... André murmura baixinho:

– Lucette...

Ela sacode a cabeça:

– Deixe-me... deixe-me... Eu não quero ter coragem, no fundo é muito injusto! O que vai ser de mim sem ela?

Sempre acariciando os cabelos e, depois, o ombro da moça, André insiste:

– Lucette! calma... eu lhe peço...

Ela se solta, deixa-se cair no sofá, a cabeça nas mãos, os cotovelos nos joelhos, gemendo:

– Não aguento mais! Não aguento!

André contorna o sofá. Como já não é observado, retomou o ar duro e espia a jovem que continua:

– Um dia a gente espera, no dia seguinte, não se tem mais esperanças! É para ficar louca... Você sabe ao menos o que ela representa para mim?

Ela se volta bruscamente para André, cuja fisionomia logo retoma o ar condoído.

– Ela é muito mais que minha irmã, André... prossegue entre lágrimas. É também minha mãe e minha melhor amiga... Você não pode compreender, ninguém pode compreender!

OS DADOS ESTÃO LANÇADOS

André senta-se perto dela.
– Lucette, murmura ele, em tom de terna censura, ela é minha mulher...

Ela o olha confusa, estende-lhe a mão.
– É verdade, André, perdoe-me... Mas, você sabe, sem ela, vou me sentir tão só no mundo...
– E eu, Lucette?

André puxa a moça para si. Ela se deixa levar com muita confiança, muita pureza e encosta a cabeça no ombro de André, que continua hipocritamente:
– Não quero que você pense: "Estou sozinha" enquanto eu estiver perto de você. Não nos separaremos nunca. Tenho certeza de que essa é a vontade de Eve. Viveremos juntos, Lucette.

Lucette, mais calma, fechou os olhos e funga puerilmente suas lágrimas.

A RUA DOS CONSPIRADORES

Um destacamento da Milícia do Regente entra numa rua movimentada. Com o rosto sob o boné de viseira curta, o torso rígido sob a camisa escura que o cinturão brilhante aperta, a arma automática a tiracolo, os homens avançam num pesado martelar de botas.

O canto marcial da tropa em marcha explode bruscamente. Pessoas se desviam, outras mudam de rumo, voltam para casa.

Uma mulher, que empurra um carrinho de criança, dá meia-volta devagar, discretamente, e se afasta no meio dos transeuntes que se dispersam.

A tropa continua a avançar, precedida de alguns metros por dois milicianos de bonés, de metralhadoras sob o braço... E, à medida que a tropa avança, a rua esvazia-se, sem precipitação, mas numa vasta manifestação hostil. Um grupo de mulheres e de homens, parados à porta de uma mercearia, se dispersa sem pressa, como se obedecesse a uma ordem silenciosa. Alguns entram nas lojas, outros sob largos portões.

Mais adiante, donas de casa deixam os carros dos ambulantes de frutas e legumes, em torno dos quais estavam agrupadas, e se afastam enquanto um garoto, de mãos nos bolsos, atravessa a rua com uma lentidão estudada, afetada, quase tocando nas pernas dos milicianos.

Encostados junto à porta de uma casa de aspecto pobre, dois homens, jovens e robustos, olham com ironia a passagem da tropa.

Estão com a mão direita no bolso do paletó.

OS DADOS ESTÃO LANÇADOS

O QUARTO DOS CONSPIRADORES

Um quarto cheio de fumaça, pobremente mobiliado.

De cada lado da janela, com muito cuidado para não serem vistos de fora, quatro homens olham a rua.

Ali estão Langlois, alto, ossudo, de rosto barbeado; Dixonne, magro e nervoso, com uma pequena barbicha; Poulain, com óculos de metal e cabelos brancos, e Renaudel, um homem corpulento e forte, corado e sorridente.

Em seguida, voltam para o centro do quarto onde, apoiado a uma mesa redonda disposta com cinco copos e uma garrafa, o companheiro, Pierre Dumaine, fuma tranquilamente.

O rosto magro de Dixonne demonstra inquietação. Pergunta a Pierre:

– Você viu?

Pierre, calmamente, pega o copo, bebe, depois pergunta:

– Viu o quê?

Um breve silêncio sucede às suas palavras. Poulain senta-se, Renaudel acende um cigarro. Dixonne dá uma olhada para a janela.

– Está assim desde cedo, diz ele. Eles estão desconfiando de alguma coisa...

Pierre conserva sua atitude serena e obstinada. Pousa tranquilamente o copo, e responde:
- Talvez. Mas certamente não do que vai acontecer com eles amanhã.

Hesitando, Poulain começa:
- Será que não seria melhor?...

Pierre, voltando-se rápido e firme para ele, diz:
- O quê?
- Esperar...

E, como Pierre esboça um gesto de irritação, Renaudel acrescenta depressa:
- Três dias somente. O tempo para eles se acalmarem.

Pierre o encara e pergunta em tom áspero:
- Você está com medo?

Renaudel estremece e cora:
- Pierre! protesta ele.
- Uma insurreição não se adia, declara Pierre com ênfase. Tudo está pronto. As armas foram distribuídas. Os rapazes estão muito motivados. Se a gente esperar, corremos o risco de não controlá-los.

Em silêncio, Renaudel e Dixonne sentaram-se.

OS DADOS ESTÃO LANÇADOS

O olhar duro de Pierre se dirige sucessivamente para os quatro rostos que o encaram. Com voz seca interroga:

– Algum de vocês não está de acordo?

Como não surge mais nenhuma objeção, ele prossegue:

– Bem. Então, é para amanhã de manhã, dez horas. Amanhã à noite, vamos dormir no quarto do Regente. Agora, escutem...

Os quatro rostos se aproximam sérios, tensos, enquanto Pierre estende sobre a mesa um papel que tirou do bolso e continua:

– ... A insurreição começará em seis pontos diferentes...

O QUARTO DE EVE

Eve continua deitada, pálpebras cerradas. De súbito, vira a cabeça e arregala os olhos espantados, como se saísse de um pesadelo. De repente torna a virar a cabeça e lança um grito:

– Lucette!

Eve recobra a consciência, mas sente um ardor que a consome.

Faz um esforço para se levantar, afasta o cobertor e senta-se na beira da cama. Sente tontura. Em seguida, estende a mão e apanha o copo d'água que está sobre o criado-mudo. Bebe de um gole só e faz careta. Chama outra vez, porém com voz mais fraca:
— Lucette! Lucette!

A RUA DOS CONSPIRADORES

Um jovem de uns 18 anos, pálido, nervoso, chama com ar dissimulado:
— Pierre!

Este acaba de sair da casa modesta onde se realizou a reunião dos conspiradores. Ao ouvir seu nome, Pierre olha para o lado daquele que o interpela, volta-lhe as costas e dirige-se aos dois rapazes que estão de guarda diante da porta:
— Os outros vão descer, diz ele. Vocês podem ir embora. Reunião aqui às seis horas, esta tarde. Nada de novo?
— Nada absolutamente, responde um dos rapazes. Só esse espiãozinho que queria entrar.

Com um movimento de cabeça, ele indica o jovem que, do outro lado da rua, os observa, de pé, segurando a bicicleta.

OS DADOS ESTÃO LANÇADOS

Pierre dá novamente uma olhada na sua direção e, encolhendo os ombros:

— Lucien? Ora!

Rapidamente os três homens se separam. Enquanto os dois seguranças se afastam, Pierre se aproxima de sua bicicleta amarrada e se inclina para soltar a corrente. Enquanto isso, Lucien atravessa a rua, chega perto e chama:

— Pierre...

Este nem sequer se levanta. Retira a corrente, fixa-a sob o selim.

— Pierre! suplica o outro, escute!

Ao mesmo tempo, ele contorna a bicicleta e se aproxima de Pierre. Este se levanta e olha para Lucien com desprezo, sem uma palavra.

— Não foi culpa minha... geme Lucien.

Com um simples gesto da mão, Pierre o afasta e empurra a bicicleta. Lucien o segue balbuciando:

— Eles me machucaram tanto, Pierre... me surraram durante horas, e eu não disse quase nada...

Tranquilamente, Pierre desce do passeio e monta na bicicleta. Lucien se põe na frente dele, com uma das mãos no guidão. Seu rosto exprime um misto de raiva e de medo. Ele se exalta:

— Vocês são severos demais! Tenho só 18 anos... Se vocês me abandonarem, vou pensar até o fim da vida que sou um traidor. Pierre! eles me propuseram que trabalhe para eles...

Desta vez, Pierre o olha bem de frente. Lucien se agita e agarra o guidão falando quase aos gritos:

— Diga alguma coisa! É muito cômodo pra você, que não passou por isso! Você não tem o direito... Não vai embora sem me responder... Você não vai sair daqui!

Pierre, com profundo desprezo, lança entre dentes:

— Seu dedo-duro nojento!

E, olhando-o bem nos olhos, esbofeteia-o com toda a força.

Lucien recua, sufocado, enquanto Pierre, sem pressa, se firma no pedal e se afasta. Explodem risadas satisfeitas: Renaudel, Poulain, Dixonne e Langlois, que acabam de sair do prédio, assistiram à cena.

Lucien lança-lhes um rápido olhar, para um instante e depois vai embora lentamente. Nos seus olhos brilham lágrimas de ódio e de vergonha.

OS DADOS ESTÃO LANÇADOS

O QUARTO DE EVE E A SALA DE VISITAS

A mão de Eve repousa perto do copo vazio sobre o criado-mudo.

Eve se levanta num esforço imenso, estremece, sacudida por súbita dor.

Em seguida, cambaleando, ela consegue alcançar a porta da sala de visitas, abre-a, e permanece imóvel.

Vê no sofá Lucette, que encostou a cabeça no ombro de André. Passam-se alguns segundos antes que a moça perceba a irmã.

Eve chama em voz sumida:

– André...

Lucette se solta do cunhado e corre para Eve. André, sem constrangimento, se levanta e se aproxima com um passo tranquilo.

– Eve! censura a moça, você não deve se levantar...

– Fique aqui, Lucette, responde simplesmente Eve... Eu quero falar com André a sós.

Em seguida, ela se vira e volta para o quarto. André se aproxima de Lucette confusa, convida-a com um gesto de doçura a se afastar e entra, por sua vez, no quarto.

Aproxima-se da mulher, que está apoiada no criado-mudo.
— André, sussurra ela, você não vai tocar em Lucette...

André dá dois passos, representando um leve espanto.

Eve concentra todas as suas forças para falar.
— Não precisa fingir. Eu sei... Há meses que estou vendo a sua manobra... tudo começou desde a minha doença... Você não vai tocar em Lucette.

Ela se exprime com dificuldade crescente, enfraquecendo-se sob o olhar impassível de André.
— Você se casou comigo pelo meu dote e me fez viver um inferno... Nunca me queixei, mas não vou deixar que toque em minha irmã...

André continua a observá-la, impassível. Eve se sustenta com dificuldade e continua com uma certa violência:
— Você se aproveitou de minha doença, mas vou ficar boa... Vou ficar boa, André. Vou defendê-la de você...

Esgotada, ela se deita na cama, deixando à vista o criado-mudo.

OS DADOS ESTÃO LANÇADOS

Muito pálido, André vê agora, no criado-mudo, copo vazio. Seu rosto revela, então, uma espécie de alívio, enquanto a voz de Eve se faz ouvir cada vez mais fraca:

– Eu hei de ficar boa e vou levá-la para longe daqui... longe daqui...

UMA ESTRADA DE SUBÚRBIO

Meio escondido por um lanço de muro, Lucien se mantém à espreita. Com o rosto pálido, brilhando de suor, a boca sinistra remoendo ódio, ele espia. A mão está no bolso do paletó.

Mais adiante, a uns 150 metros, debruçado sobre a bicicleta, surge Pierre. Ele avança sozinho, pela estrada monótona e triste do subúrbio, por entre os canteiros de obras. Ao longe, homens trabalham, empurram vagonetes, esvaziam caminhões. Pierre continua a avançar entre as fábricas e altas chaminés que lançam fumaça. Lucien tem a feição cada vez mais tensa, esboça um gesto, sempre lançando olhadas inquietas em torno de si.

Lentamente, tira um revólver do bolso.

O QUARTO DE EVE

A voz de Eve se faz ouvir, com um derradeiro resto de violência.

— Eu vou ficar boa... André, ficar boa... para salvá-la. Eu quero melhorar...

Sua mão desliza ao longo da mesa, quer se agarrar, cai, enfim, arrastando o copo e a garrafa.

Eve, ao sentir-se fraca, quis apoiar-se na mesa, mas rola no chão num barulho de copo quebrado...

Pálido, mas impassível, André olha o corpo de Eve estendido no chão.

A ESTRADA DE SUBÚRBIO

Dois tiros de revólver estalam.

Na estrada, Pierre pedala ainda alguns metros vacilando e cai no chão.

O QUARTO DE EVE

Lucette irrompe no quarto como uma rajada de vento e junta-se a André. Ela vê o corpo de Eve no chão e solta um grito.

OS DADOS ESTÃO LANÇADOS

A ESTRADA DE SUBÚRBIO

O corpo de Pierre está estendido no meio da estrada, ao lado da bicicleta, cuja roda dianteira continua a rodar no ar.

Atrás do lanço de muro que o esconde, Lucien monta em sua bicicleta e foge com rápidas pedaladas.

Lá adiante, os operários pararam de trabalhar. Perceberam os tiros, mas, sem compreender ainda, levantam a cabeça. Hesitando, um deles se decide a avançar pela estrada.

Um caminhão pesado acaba de parar perto do cadáver de Pierre. O motorista e dois operários descem. Ao longe, outros trabalhadores acorrem. Em breve, um círculo de homens se comprime em torno do corpo estendido. Pierre é reconhecido, e exclamações se entrecruzam:

– É Dumaine!

– O que é?

– É Dumaine!

– Eles acertaram Dumaine!

Na confusão geral, ninguém prestou atenção ao barulho das botas de uma tropa em marcha, primeiro distante, mas agora bem nítido. Bruscamente, bem perto, o canto da milícia explode. Um operário, com a fisionomia preocupada, lança:

— Quem você acha que pode ser?

Neste momento, um destacamento de milicianos desemboca de uma rua vizinha. Os operários, um após o outro, se levantam e encaram a tropa que se dirige para eles. Um ódio imenso cresce em seus olhares. Uma voz cospe:

— Salafrários!

O destacamento continua a avançar, os milicianos cantam e, à sua frente, o chefe olha inquieto o grupo de operários. Os operários estão todos agora de pé e fazem uma barreira na estrada com um ar ameaçador. Alguns se afastam e sem ostentação vão apanhar paralelepípedos e pedaços de sucata no acostamento.

Depois de alguns passos, o chefe miliciano dá uma ordem preparatória e, em seguida, grita:

— Alto!

Nesse momento, enquanto seu corpo permanece estendido no chão, um outro Pierre se levanta lentamente... Ele parece sair de um sonho e limpa maquinalmente a manga. Vira as costas à cena muda que está se desenrolando. Todavia, três operários estão à sua frente; estes poderiam vê-lo e, entretanto, não o veem.

Pierre se dirige ao operário mais próximo...

— Então, Paulo, o que há?

OS DADOS ESTÃO LANÇADOS

O interpelado não se mexe. Simplesmente, dirigindo-se ao vizinho, pergunta estendendo a mão:
— Me passa um.
O segundo operário passa um tijolo a Paulo. Brutal, a voz do chefe do destacamento ordena:
— Desimpeçam a estrada!
No grupo dos operários, ninguém se mexe. Pierre se volta vivamente, observa os dois campos antagônicos e murmura:
— Está cheirando a briga...
Em seguida, ele passa entre dois operários, invisível aos olhos deles, e se afasta sem pressa... No caminho, cruza com trabalhadores armados de pás ou barras de ferro; estes homens passam sem vê-lo. A cada encontro, Pierre olha-os um pouco espantado e, enfim, encolhendo os ombros e desistindo de compreender, afasta-se definitivamente, enquanto atrás dele a voz do chefe miliciano, imperativa ordena:
— Recuem! Estou dizendo para desimpedir o caminho!

O QUARTO DE EVE E A SALA DE VISITAS

André e Lucette deitaram o corpo de Eve na cama.

Enquanto André puxa o cobertor de pele sobre o corpo de sua mulher, Lucette, arrasada, chora soluçando sobre a mão inerte da irmã.

Nesse momento a mão de uma mulher afaga os cabelos de Lucette, sem que a moça perceba. Eve, de pé, olha a irmã...

Seu rosto exprime uma compaixão sorridente, um pouco espantado, como se pode experimentar diante de um sofrimento ligeiro e comovente... Encolhe de leve os ombros e, sem insistir, se afasta em direção à sala de visitas.

Enquanto Lucette chora sobre o corpo da irmã, Eve, de penhoar, passa pela sala e se dirige ao vestíbulo. Porém, cruza com Rose, sua arrumadeira, que, provavelmente alertada pelo barulho, vem com prudência ver o que se passa. Eve parou, observa sua conduta e chama:

– Rose.

Mas Rose, meio transtornada pelo que acaba de ver, volta correndo para a copa.

– E então, Rose? ela insiste. Aonde vai correndo assim?

Eve se surpreende um pouco ao ver Rose sair da sala sem lhe responder, como se não a visse nem ouvisse.

De repente, eleva-se uma voz que, primeiro baixinho, depois cada vez mais sibilante, repete:

OS DADOS ESTÃO LANÇADOS

— Languénésie... Languénésie... Languénésie...

Eve se põe a caminhar, atravessa a sala, se embrenha por um longo vestíbulo. De repente, para; à sua frente, há um grande espelho de parede que normalmente deveria refletir sua imagem. Ora, o espelho mostra-lhe apenas a outra parede do corredor. *Eve percebe que não tem imagem.* Atônita, dá ainda mais um passo. Nada...

Nesse momento, Rose reaparece e dirige-se rapidamente na direção do espelho. Ela tirou o avental branco e traz na mão a bolsa e o chapéu.

Sem ver Eve, ela se interpõe entre sua patroa e o espelho e começa a ajeitar o chapéu.

Assim, ambas ficam de frente para o espelho, mas somente Rose se reflete nele. Eve, espantada, afasta-se para o lado, olhando alternadamente Rose e o reflexo de Rose...

A arrumadeira ajeita o chapéu, torna a pegar a bolsa que havia posto diante de si e sai rapidamente. Eve fica só, sem reflexo...

Ouve-se de novo a voz que lentamente continua:

— Languénésie... Languénésie... Languénésie...

Eve encolhe os ombros com indiferença e sai.

UMA RUA

Pierre caminha ao longo da calçada, numa rua bastante movimentada.

É acompanhado por uma voz que aumenta pouco a pouco e por outras vozes, cada vez mais fortes, cada vez mais incisivas, que martelam pausadamente:

– Languénésie... Languénésie... Languénésie...

E Pierre caminha, caminha sempre... Mas, entre a lentidão de seus movimentos e a rapidez agitada dos transeuntes, o contraste é surpreendente. Pierre parece se mover sem barulho, um pouco como num sonho.

Ninguém o percebe. Ninguém o vê.

Deste modo dois transeuntes se encontram; o primeiro estende a mão ao outro. Pierre, pensando que esse gesto se dirige a ele, adianta a mão, mas os dois transeuntes se aproximam e param diante dele para conversar. Pierre é obrigado a desviar-se para prosseguir caminho.

Seu rosto mostra, num sorriso indiferente, que acha essas pessoas um tanto sem educação.

Dá ainda alguns passos e recebe nas pernas o balde d'água que uma zeladora despeja na soleira do prédio. Pierre para e olha para a calça: está absolutamente seca. Cada vez mais espantado, Pierre retoma a caminhada.

OS DADOS ESTÃO LANÇADOS

Continua-se a ouvir:
– Languénésie... Languénésie... Languénésie...
Pierre dá ainda alguns passos e para junto de um senhor idoso que lê o jornal no ponto de ônibus.
Ao mesmo tempo, a Voz bruscamente se cala.
Pierre dirige-se ao senhor:
– Por favor, insiste Pierre, o senhor sabe onde fica a rua Languénésie?

NUM JARDIM PÚBLICO

Eve para junto a uma moça sentada num banco público, a qual tricota, balançando um carrinho de criança com o pé.
Amável, Eve pergunta:
– Por favor, a senhora conhece a rua Languénésie?
A moça, que não ouviu nada, se inclina para o carrinho e começa com as baboseiras de costume, na linguagem que os adultos usam com as crianças...

A RUA

O senhor idoso continua a ler o jornal, sorrindo. Pierre explica, elevando um pouco a voz:
– Tenho um encontro urgente na rua Languénésie e não sei onde fica.

O senhor idoso ri um pouco mais forte sem largar o jornal. Desta vez, Pierre chega bem perto e pergunta:
– Qual é a graça?

E acrescenta, delicadamente, mas sem maldade:
– Seu velho idiota!

O senhor idoso ri cada vez mais e Pierre repete mais forte:
– Velho idiota!

Nesse momento, um ônibus para diante do ponto. Sua sombra passa sobre o velho senhor; mas não se projeta sobre Pierre, que continua perfeitamente iluminado. O senhor idoso, sempre sorrindo, sai do passeio e sobe no ônibus que começa a andar.

Pierre segue essa sombra com os olhos, encolhe mais uma vez os ombros e retoma sua caminhada...

Um pouco mais adiante, ao descer da calçada, vê bruscamente à direita a entrada de uma estranha ruela, espécie de beco sem saída deserto, de estilo

OS DADOS ESTÃO LANÇADOS

curioso... No fundo dessa via sem saída, de fachadas sem janelas, algumas pessoas fazem fila diante da única loja que existe... O resto do beco está completamente vazio.

Pierre chega ao meio da rua, vira a cabeça à direita, avista a ruazinha, diminui o passo e, por fim, para. Surpreso ele contempla a exígua ruela silenciosa. Atrás dele, carros, ônibus e pedestres se cruzam. Ergue os olhos e percebe a placa na qual se lê: Beco Languénésie.

... Então, lentamente, ele passa pelas fachadas cinzentas e se dirige ao pequeno grupo que faz fila.

O JARDIM PÚBLICO

Eve se encontra perto da jovem mamãe que continua a sorrir para o bebê. Sorrindo também Eve olha a criança e pergunta de novo:

— Então, você não pode me dizer onde fica a rua Languénésie? Sei que tenho um encontro, mas não sei com quem, nem o que tenho que dizer...

A jovem mamãe recomeça a azucrinar o filho:

— Bilu, bilu, Michelzinho! Quem é o Michelzinho da mamãe?

Eve encolhe os ombros e prossegue seu caminho...

Sai do jardim, desce da calçada. E de repente surge à sua frente um estreito beco no fundo do qual está um pequeno grupo... Surpresa, por um instante, ela observa a ruela onde tudo é silêncio, enquanto atrás dela se estende o jardim público tão movimentado. Lê também a placa: Beco Languénésie.

O BECO LANGUÉNÉSIE

Em fila dupla, umas 20 pessoas esperam diante da loja do beco. Pessoas de todas as idades e de todas as classes sociais: um operário de boné, uma senhora idosa, uma mulher muito bonita de casaco de pele, um trapezista de malha colante, um soldado, um senhor de cartola, um velhinho barbudo que abana a cabeça, dois homens fardados, mais uns outros e, o último, Pierre Dumaine.

A fachada e o interior da loja estão totalmente às escuras. Nenhum letreiro externo.

Depois de alguns segundos, a porta se abre sozinha, com um barulho de campainha estridente.

OS DADOS ESTÃO LANÇADOS

O primeiro da fila entra na loja e a porta se fecha devagar.

Eis que Eve maquinalmente avança ao longo da fila de espera. Logo explodem gritos:
- Olha a fila! – O que deu nessa aí?
- Esta é boa!
- Todo mundo aqui também está com pressa.
- Entra na fila. Entra na fila!...

Eve para, volta-se e constata sorrindo:
- Puxa, vocês me *enxergam*? Vocês não são nada amáveis, mas mesmo assim é agradável.
- É claro que a enxergamos, retruca uma gorda ameaçadora. E não tente furar a fila.

Só Pierre não diz nada, mas olha para Eve.

Mais uma vez, ouve-se tinir a campainha, e as pessoas avançam para frente.

Docilmente Eve retorna e toma seu lugar no fim da fila.

Pierre segue-a com os olhos. Ele está ao lado do velhinho que abana a cabeça. A um novo tinir a porta se abre; um homem e uma mulher correm para a loja, empurrando-se. Pierre e o velhinho avançam mais um passo. Com uma irritação crescente, Pierre observa o vizinho. Enfim, não consegue mais se conter:

— O senhor quer ficar quieto? pergunta com violência. Quer parar de mexer com a cabeça?

Sempre meneando a cabeça, o velhinho se contenta em dar de ombros.

Alguns segundos de espera, a campainha toca de novo, e a porta envidraçada se abre. Pierre entra. A porta se fecha sozinha. As pessoas avançam mais um passo.

Na loja completamente vazia, Pierre distingue balcões e prateleiras empoeiradas. Pierre se dirige sem hesitar para uma porta que dá manifestamente para os fundos da loja...

OS FUNDOS DA LOJA

Depois de ter fechado a porta, Pierre avança pelo cômodo.

Dá alguns passos em direção a uma senhora que está sentada diante de uma escrivaninha. Um candeeiro, colocado sobre essa mesa, traz um pouco mais de luz ao cômodo iluminado apenas pela fraca claridade de uma janela estreita que dá para um pátio interno.

As paredes estão cobertas de medalhões, gravuras, quadros que, entretanto ao que parece, representam o beco Languénésie.

OS DADOS ESTÃO LANÇADOS

Pierre avança até a mesa e pergunta:
- Com licença... É com a senhora mesma que eu tenho uma entrevista?

Digna e corpulenta, de lornhão, a velha senhora está sentada diante de um enorme livro de registro aberto, sobre o qual está enrodilhado um gordo gato preto.

Com um sorriso afável, ela olha Pierre através do lornhão:
- É sim, senhor.
- Então, a senhora pode me informar... prossegue Pierre acariciando o gato que se espreguiça e se esfrega nele. O que é que eu estou fazendo aqui?
- Régulus! repreende a velha senhora, não aborreça o moço.

Com um sorriso, Pierre segura o gato nos braços enquanto a velha senhora continua:
- Não vou retê-lo por muito tempo, senhor... Preciso de uma rápida informação sobre seu estado civil.

Ela consulta o livro de registro:
- ... O senhor se chama realmente Pierre Dumaine?

Surpreso, Pierre balbucia:

33

— Sim, senhora... mas eu...

Pausadamente, a velha senhora folheia o registro.

— ... Da, da, di, di, do, du... Dumaine, achei... nascido em 1912?

Pierre está agora estupefato; o gato aproveita a situação para saltar-lhe sobre os ombros.

— Sim, em junho de 1912...

— O senhor era contramestre na fundição de Answer?

— Era.

— E o senhor foi morto esta manhã às dez e trinta e cinco? Desta vez Pierre se inclina para a frente, as mãos apoiadas na beira da mesa, e atônito fixa a velha senhora. O gato pula dos seus ombros para o livro de registro.

— Morto? articula Pierre incrédulo.

A velha senhora aquiesce amavelmente. Pierre, então, recua bruscamente e se põe a rir.

— Ah! então é isso... é isso... Eu estou morto.

De repente, para de rir e é quase em tom gozador que pergunta:

— Mas quem me matou?

— Um segundo, por favor...

OS DADOS ESTÃO LANÇADOS

Com o lornhão, ela enxota o gato que está sobre o livro de registro.
- Sai, Régulus. Você está bem em cima do nome do assassino.

Em seguida, decifrando a indicação assentada no registro:
- ... Está aqui: o senhor foi morto por Lucien Derjeu.
- Ah! o patife! constata simplesmente Pierre. Veja só, hein, ele me acertou.
- Que bom, diz a velha senhora sorrindo. O senhor reagiu bem. Gostaria de poder dizer o mesmo de todos os que chegam aqui.
- Eles se aborrecem por estarem mortos? Tem gente com um gênio rabugento...
- Eu, a senhora sabe, explica Pierre, não deixo ninguém na vida, estou tranquilo. Animado ele se põe a andar pelo cômodo e acrescenta:
- Depois, o essencial, é a gente ter feito o que tinha a fazer.

Ele se volta para a velha senhora, que o olha com um ar céptico, através do lornhão.
- A senhora não acha?
- Eu, no fundo, diz ela, sou apenas uma simples empregada...

Em seguida, virando o livro de registro em direção a Pierre:

— ... Por favor, assine aqui...

Por um segundo, Pierre fica desnorteado. Enfim, ele volta à mesa, pega a caneta e assina.

— Pronto... declara a velha senhora, agora o senhor está morto de verdade.

Pierre se ergue ainda um pouco constrangido. Pousa a caneta, acaricia o gato e pergunta:

— E aonde eu devo ir?

A velha senhora o examina espantada:

— Aonde o senhor quiser...

Entretanto, como ele vai sair por onde entrou, ela indica uma outra porta ao lado:

— ... Não, por aqui...

Enquanto Pierre fecha a porta, a velha senhora ajusta o lornhão, consulta o registro e com espontaneidade simula puxar um cordão. Ouve-se ao longe tinir a campainha de entrada que anuncia o próximo cliente.

OS DADOS ESTÃO LANÇADOS

UMA RUA

A porta de pequenas proporções de um prédio velho e encardido. Pierre acaba de sair. Ele se orienta e dá alguns passos, com um ar divertido e as mãos nos bolsos.

A rua desemboca, 20 metros adiante, numa larga artéria onde carros e pedestres se cruzam em grande agitação. Nesse curto espaço, umas poucas pessoas vivas circulam atarefadas, enquanto umas dez personagens mortas estão sentadas ou de pé encostadas nos muros, ou então passeiam negligentemente olhando as vitrinas.

Dois ou três mortos de outras gerações, em trajes de época, voltam-se para Pierre e falam dele em voz baixa.

RUA E PRAÇA

Pierre avança lentamente quando a voz de um homem idoso exclama atrás dele:

— Seja bem-vindo entre nós, senhor.

Pierre se volta. Avista um grupo de pessoas em trajes variados de épocas bem diferentes;

mosqueteiros, românticos, modernos e, entre eles, um velho com um chapéu de três bicos, vestido à moda do século XVIII, que lhe pergunta amavelmente:

- O senhor é recém-chegado?
- Sim... E o senhor?

O velho sorri e mostrando seu traje:

- Eu fui enforcado em 1778.

Pierre, com simpatia se interessa pelo triste acontecimento...

O velho prossegue:

- Foi um simples erro judiciário. Isso, aliás, não tem nenhuma importância. O senhor tem algo de urgente a fazer?

E, diante do espanto de Pierre, acrescenta indiferente:

- Bem... Ir ver se sua mulher está chorando pelo senhor ou se ela o engana, se seus filhos velam seu cadáver, que categoria de enterro vão lhe dar...

Pierre logo o interrompe:

- Não, não. Tudo vai ficar muito bem sem mim.
- Ótimo. Então, quer que eu seja seu guia?

OS DADOS ESTÃO LANÇADOS

— É muito amável... murmura Pierre.

Mas o velho já o arrasta insistindo:

— Não, não, o prazer é todo meu. Costumamos esperar os novos para iniciá-los em seu novo estado; isso distrai.

Ao chegarem à esquina, os dois param: Pierre se diverte olhando o que se passa. Tornou a pôr as mãos nos bolsos.

Uma multidão diversificada se movimenta na pequena praça. Vivos e mortos misturados.

Os mortos estão vestidos com trajes de todas as épocas, um pouco gastos, um pouco desbotados.

Enquanto os vivos parecem apressados, os mortos vagueiam tristes e meio envergonhados. A maioria, aliás, se contenta em ficar sentada ou parada nos cantos, diante das vitrinas, no vão das portas.

— Nossa! exclama Pierre, quanta gente.

— Como de costume, replica o velho cavalheiro. Só que, agora que o senhor foi registrado, está vendo também os mortos.

— Como se pode distingui-los?

— É simples: os vivos estão sempre com pressa.

Como um homem passa rápido, uma pasta sob braço, o velho afirma:

— Olhe aquele ali... Com certeza é um vivo.

O homem em questão passou tão perto que, se estivesse morto, teria escutado.

Pierre o segue com os olhos e sorri.

Nota-se que Pierre se exercita em distinguir os vivos dos mortos e que encontra nisso um certo prazer. Eles passam por uma mulher que caminha mais devagar do que eles, o rosto maquiado, a saia muito curta. Pierre a encara para ver como ela é. A mulher não parece vê-lo. Pierre se volta para o velho com um olhar interrogador e aponta discretamente para ela.

O velho sacode a cabeça:

— Não, não! Esta está viva.

Pierre faz um gesto desapontado, enquanto a mulher modera o andar porque se aproxima apressado um indivíduo vivo.

O velho notou a decepção de Pierre.

— Não se preocupe, logo você aprenderá.

Continuam a andar, mas são interrompidos por um grupo que vem em sentido contrário.

À frente, caminha um homenzinho com ar idiota e degenerado. Atrás dele, segue toda a sua nobre ascendência de varões, do século XIX à Idade Média, todos de bela aparência e altos.

OS DADOS ESTÃO LANÇADOS

O descendente vivo dessa nobre família para e acende um cigarro; os antepassados param atrás dele, surpresos, observando cada um de seus movimentos.

Pierre não se contém:

— Que carnaval é esse?

Mal pronuncia essas palavras imprudentes, alguns dos nobres olham Pierre furiosos e consternados.

O velho explica discretamente:

— Uma antiga família da alta nobreza. Seguem seu último rebento...

— Olha, murmura Pierre, ele não é nada bonito. Não têm do que se orgulhar. Por que vão atrás dele?

— Estão esperando que ele morra para passar-lhe uma descompostura.

Entretanto, após ter acendido o cigarro, o descendente continua a andar enfatuado e tolo, acompanhado por todos os antepassados que o devoram com o olhar atento e desolado.

Pierre e o velho retomam seu passeio, atravessam a rua.

Um carro chega acelerado, e o velho passa rente ao capô sem a menor reação, ao passo que Pierre recua rápido.

O velho o contempla com um sorriso indulgente:
- A gente se habitua... a gente se habitua...

Pierre compreende, se acalma, sorri e eles retomam a caminhada.

OS FUNDOS DA LOJA

Eve, ansiosa, está sentada diante da escrivaninha. Indaga nervosa:
- A senhora tem certeza disso? Tem certeza mesmo?

A velha senhora, cuja calma afável e enfastiada contrasta com o nervosismo de Eve, replica muito digna:
- Eu não me engano nunca. É a minha profissão.

Eve insiste:
- Ele me envenenou?
- Sim, senhora.
- Mas por quê? Por quê?
- A senhora o incomodava. Ele conseguiu seu dote. Agora quer o de sua irmã.

Eve junta as mãos num gesto de impotência e murmura acabrunhada:

OS DADOS ESTÃO LANÇADOS

— E Lucette está apaixonada por ele!

A velha senhora assume uma tristeza convencional:

— Meus pêsames... Mas a senhora quer assinar, por favor?

Maquinalmente, Eve se levanta, se inclina sobre registro e assina.

— Perfeito, conclui a velha senhora. Agora está oficialmente morta.

Eve hesita, depois indaga:

— Mas aonde devo ir?

— Aonde quiser. Os mortos são livres.

Eve, como Pierre, dirige-se automaticamente para a porta por onde entrou, mas a velha senhora intervém:

— Não... por aqui...

Eve, absorta, deixa a sala.

UMA RUA

Triste, Eve caminha pela rua, de cabeça baixa, as mãos nos bolsos do penhoar.

Não se interessa pelo que está em seu redor e cruza, sem enxergar, os vivos e os mortos. De repente, ouve a voz de um vendedor ambulante:

— Senhoras e senhores, mais alguns francos e Alcides vai realizar, diante dos senhores, uma proeza sensacional... Com um braço só, um único só, ele vai levantar do chão um peso de cem quilos. Eu disse cem quilos, cem.

Um bando de desocupados rodeia um atleta de quermesse. É um homem gordo, de malha rosa, bigode provocante, cabelo repartido ao meio com um caracol em cada têmpora. Ele está parado numa pose estudada. O apresentador do *show* apresenta-o ao público.

Eve contorna o grupo de desocupados, dá uma olhada no espetáculo sem parar.

Atrás dos curiosos, Pierre e o velho observam.

— Vamos logo, diz o velho, vamos ver coisa melhor. Temos um clube...

— Espere um pouco, responde Pierre irritado, eu sempre gostei de ver atletas.

Por sua vez, Eve contornou o círculo de desocupados. Ela para, olhando maquinalmente para o lado do atleta.

O apresentador do espetáculo faz de tudo para animar a generosidade da multidão:

— Vamos, senhores e senhoras! Não vamos deixar que se diga que o halterofilismo desaparece por falta de apoio. Mais doze

OS DADOS ESTÃO LANÇADOS

francos e Alcides começa. Doze francos. Doze vezes um franco. Um franco deste lado? Um franco ali? Obrigado. Com mais dez francos, dez, a gente começa!

De repente, Eve percebe uma garota de uns 12 anos que carrega um cesto de onde surge uma garrafa de leite e uma bolsa muito estragada na qual deve estar guardado seu dinheiro. Ela foi fazer compras, mas parou um instante para ver o espetáculo.

Não percebe que um jovem malandro de mais ou menos 17 anos se insinua atrás dela e quer roubá-la.

Depois de ter dado uma olhada disfarçada em volta de si, ele estende lentamente a mão e apanha a bolsa da menina.

Eve viu o gesto e grita:

— Cuidado, menina, estão roubando você!

Pierre, do outro lado da criança, vira depressa a cabeça em direção a Eve, e depois vê a menina.

Eve notou o movimento de Pierre e é para ele, então, que se dirige:

— Pegue esse aí, vamos!

O velho, com um ar entendido, cutuca Pierre.

O malandro vai saindo com toda a calma...

Eve, com o braço estendido, grita:

— Ladrão! Pega o ladrão!

Sorrindo, Pierre observa a moça. O velho constata:

— Essa senhora também é novata.

— É... diz Pierre, um pouco pretensioso, ela ainda não compreendeu...

Eve se volta para Pierre:

— Mas faça alguma coisa! Está rindo do quê? Prenda aquele lá.

Pierre e o velho trocam um olhar. Pierre observa:

— A senhora não está acostumada.

— Como? espanta-se Eve, acostumada com quê?

Eve olha para os dois e aí compreende. Parece desamparada, desencorajada.

— Ah! Sim... ela murmura, é verdade.

Pierre e Eve se observam um instante com interesse e depois seguem a menina com os olhos.

Esta acaba de constatar que a bolsa desapareceu. Remexe no cesto cada vez mais aflita, chega até a olhar na vasilha de leite, procura no chão entre as pernas dos espectadores, depois se levanta de rostinho pálido e sem ação, sua boca se crispa e brilham lágrimas nos olhos arregalados.

OS DADOS ESTÃO LANÇADOS

Eve, Pierre e o velho se calam observando a criança transtornados, inclusive o velho, cujos sentimentos, contudo, poderiam ter-se embotado...

A menina se afasta, carregando o cesto e o litro de leite.

Dá alguns passos, senta-se num banco e começa a soluçar com a cabeça encostada no braço, de fazer pena.

– Coitada, murmura Pierre. Ela sabe o que a espera quando chegar em casa.

E acrescenta, mostrando, enfim, uma ponta de tristeza:

– É isso!

Eve se insurge:

– É isso! É tudo o que tem a dizer?

Pierre procura disfarçar sua emoção sob o ar insolente.

– O que é que eu posso fazer? Eve encolhe os ombros.

– Nada.

Mas ela vira a cabeça para o lado da criança:

– Ah! É horrível, é horrível não poder fazer nada.

Eve e Pierre se olham de novo. Depois, Pierre se desvia bruscamente, como para expulsar um pensamento importuno.

— Vamos, propõe ao velho. Vamos aonde o senhor queria ir...

Ele se afasta em companhia de seu guia, feliz com a distração.

Por seu lado, Eve recomeça a caminhar, cabisbaixa, com as mãos nos bolsos do penhoar. Passa perto da menina sem olhá-la e vai-se embora...

PORTA DO PALÁCIO DO REGENTE

Pierre e o velho chegam diante da monumental porta do Palácio do Regente. Dois enormes milicianos armados, rígidos numa impressionante posição de sentido, defendem a entrada.

Pierre de repente se detém. O velho, que o acompanhava com dificuldade, também para, mas com a intenção de continuar.

Pierre mede com o olhar a enorme porta e diz com visível alegria:

— É ali.

— Como disse?

— Há anos que tenho vontade de vê-lo de perto.

— O Regente? espanta-se o velho, o senhor quer ver o Regente? Que ideia estranha...

OS DADOS ESTÃO LANÇADOS

Um miserável usurpador, sem envergadura.
– Ele me interessa, replica alegremente Pierre.

O velho faz um gesto educado de incompreensão e aponta a porta:
– Nesse caso, meu caro, esteja à vontade.

Sem hesitar, Pierre sobe os degraus e para um instante à altura dos dois milicianos. E, inclinando-se quase sob o nariz de um deles, diz:
– Se você soubesse quem está deixando passar...

UMA GALERIA DO PALÁCIO E O QUARTO DO REGENTE

Pierre e o velho avançam por uma vasta galeria onde alguns mortos estão sentados aqui e ali, em trajes de época... Deparam com um primeiro criado em libré que passa entre os dois.

Pierre parece incrivelmente interessado por tudo que vê. Já o velho olha indiferente para tudo aquilo.

Chegam logo diante de uma larga porta, guardada também por duas sentinelas.

Nesse momento, aparece outro criado trazendo um esplêndido par de botas negras.

Um dos milicianos, com um gesto mecânico e ritual, abre a porta para o criado, que entra pomposamente.

Pierre, que está bem perto da porta, agarra depressa o velho pela manga e o arrasta murmurando:

— Venha!

Entram com pressa logo após o criado, e o miliciano torna a fechar a porta atrás deles.

Pierre e o velho ficam parados por um instante. Em seguida, dirigem-se lentamente para o centro do aposento.

É um imenso e suntuoso quarto no fundo do qual há uma cama com dossel. Uma mesa de carvalho maciço, grandes poltronas de estilos, cortinas de veludo, brocados e tapetes mobíliam o cômodo.

O Regente está sentado ao pé da cama. Em mangas de camisa, com calça e meias, usa um protetor de bigode e fuma um cigarro de luxo.

É um homem alto e forte, um bonitão cruel, mas podendo enganar.

Com respeito, o criado o ajuda a calçar as botas.

Uma dezena de mortos, entre os quais uma mulher, se encontra no quarto; uns estão sentados nas poltronas ou na cama, outros até no chão. Alguns se encostam nas paredes ou nos móveis.

OS DADOS ESTÃO LANÇADOS

Há um chefe miliciano de uniforme semelhante ao do Regente; um colosso medieval; um miliciano de segunda classe; um velhote de bigode branco, apoiando-se numa bengala; um oficial do século XIX de dólmã com galões e calções justos; três senhores idosos com paletó debruado e calça listrada; enfim, uma mulher de uns 30 anos, num elegante traje de caça.

Todos olham o Regente com ar irônico ou sinistro.

Pierre acha engraçado e sacode a cabeça:

— Está vendo, não sou só eu.

Essas palavras chamam a atenção dos mortos, que sem pressa viram a cabeça para os recém-chegados.

O companheiro de Pierre explica:

— Este usurpador sempre tem visitas.

— Amigos?

Encolhendo os ombros, os mortos se afastam com desdém, e o velho cavalheiro logo corrige:

— Ex-amigos.

Após ter calçado as botas, o Regente se levanta e se aproxima de um espelho alto no qual ele se vê de corpo inteiro.

O Regente, para se colocar na frente do espelho, aproximou-se de Pierre que anda em volta dele e o examina como se examina um inseto... Bem perto, o miliciano de segunda classe, de braços cruzados, está encostado em um móvel e contempla seu antigo "chefe" com a testa franzida.

O Regente se contempla enlevado e começa a ensaiar diante do espelho. Treina o cumprimento, faz poses estudadas. Seus gestos teatrais são os de um orador em plena ação, completamente ridículos.

Imperturbável, o criado, que segura uma túnica de uniforme, mantém-se de pé a alguns passos dele.

Após algum tempo, o Regente faz um rápido sinal para o criado que se aproxima e lhe estende a túnica.

Pierre sacode a cabeça e, voltando-se para o miliciano, diz alegremente:

– Já imaginou?

O miliciano aprova com a cabeça, sem despregar os olhos do Regente.

– Que lindo o seu patrão, acrescenta Pierre ironicamente.

– Nem diga, responde o miliciano. Se eu tivesse sabido antes, nunca teria embarcado nessa.

Depois de vestir a túnica, o Regente a retira e pergunta ao criado:

– Será que dá para ficar sem a túnica?

OS DADOS ESTÃO LANÇADOS

— Certamente, Excelência, mas a túnica fica muito bem em Vossa Excelência.

O Regente torna a pôr a túnica e se dirige para a mesa perto da qual está o colosso medieval. O Regente, seguido por Pierre, aproxima-se da mesa abotoando a túnica.

Antes de pegar o cinturão, o Regente atira o cigarro num magnífico prato que enfeita a mesa. O colosso estremece de indignação.

— Na minha bacia de barba! rosna ele.

Curioso, Pierre se volta para ele:

— É sua?

— Estou na minha casa, meu amigo. Eu era o rei deste país, há 400 anos. E saiba que naquela época respeitavam meus móveis.

Pierre sorri e aponta o Regente:

— Console-se, Sire, ele não vai durar muito.

A única mulher que se encontra entre os mortos se vira, espantada:

— O que o senhor quer dizer?

— É para amanhã.

O miliciano aproxima-se interessado.

— O que é para amanhã?

— A insurreição.

— O senhor tem certeza? interroga a mulher.

— Fui eu quem preparou tudo. Isso lhe interessa?

A mulher mostra o Regente que pendura uma condecoração no pescoço e um emblema no peito; ela exclama com ímpeto:

— Morri há três anos. Por causa dele. E, desde então, não o largo nem um segundo. Faço questão de vê-lo enforcado.

O chefe miliciano que acompanhou a conversa se aproxima:

— Não se entusiasme tanto. Essas coisas nem sempre dão certo. Ele é mais esperto do que parece, sabe...

A moça encolhe os ombros:

— Não é porque não deu certo com o senhor...

Nesse meio tempo, todos os mortos vêm se juntar em volta de Pierre.

O chefe miliciano prossegue:

— Lembra da conjuração das Cruzes Negras? Era eu. Tinha tudo bem organizado. Mesmo assim ele nos pegou.

— Eu também, admite Pierre, ele me pegou, mas tarde demais. Os outros ele não vai pegar.

OS DADOS ESTÃO LANÇADOS

— O senhor está falando com muita certeza.

Pierre se dirige ao mesmo tempo ao chefe miliciano e aos outros mortos que o cercam:

— Há três anos que estamos organizando isso, os companheiros e eu. Não pode falhar.

— Eu dizia a mesma coisa... murmura o chefe miliciano.

O oficial com galões, que está sentado numa cadeira perto da mesa, sorri sarcástico:

— Os jovens mortos sempre estão cheios de ilusão.

Enquanto ele pronuncia essas palavras, o criado passa atrás dele, e, como se não houvesse ninguém sentado, tira a cadeira. O oficial fica sentado no ar, ao passo que o Regente se senta na cadeira que o criado lhe apresenta. Pierre se dirige a todos os mortos que o olham com ar de dúvida:

— Os senhores parecem bem pessimistas.

— Pessimistas? resmunga o miliciano, eu servi este homem durante anos...

Sempre falando, ele se aproxima do Regente, e todos os mortos vão formar um círculo em redor da mesa.

O criado retira, segundo o cerimonial cotidiano, o protetor de bigode do Regente.

55

- Eu acreditava nele, continua o miliciano, morri por ele. E, agora, vejo esse boneco: uma mulher por dia, saltos altos. Manda o secretário escrever os discursos. E, quando ensaia na frente do espelho, ambos se divertem a valer. Pensa que é fácil a gente perceber que foi engambelado a vida toda?

O Regente ataca a refeição matinal. Come e bebe como um porco, mas as mãos fazem trejeitos distintos.

O chefe miliciano toma a palavra, duramente:

- Pessimismo? Ao chegar aqui, soube que foi meu melhor amigo quem nos entregou. Hoje é o Ministro da Justiça.

Pierre quer falar, mas é interrompido de novo. A mulher se colocou bem junto do Regente e prossegue apontando-o:

- Pessimistas? Olhe aí. Quando o conheci, não passava de um burocrata. Eu o ajudei. Trabalhei para ele. Cheguei a me vender para livrá-lo da prisão. Fui eu quem fez sua carreira.
- E depois? diz Pierre.
- Morri num acidente de caça, e o acidente de caça foi ele.

O Regente continua a se empanturrar, palitando de vez em quando os dentes com uma unha delicada.

OS DADOS ESTÃO LANÇADOS

Pierre, que não conseguiu dizer uma palavra, explode subitamente com raiva e desafia os mortos.
- E daí? Isso prova o quê? que vocês não realizaram o que queriam.

Então, os mortos respondem todos juntos:
- Você também. É claro que não realizamos. Ninguém realiza suas ambições.

O velho, que estava calado desde a entrada no quarto, toma a palavra, e sua voz domina o tumulto:
- Não realizamos nunca nossas ambições a partir do momento em que morremos.
- É, quando se morre cedo demais... ou tarde demais.
- Pois bem, eu não, estão me ouvindo? eu não!

As risadas e zombarias dos outros mortos redobram. Mas Pierre, de pé no meio deles, enfrenta-os.
- Eu preparei a insurreição contra esse fantoche. Está tudo pronto para amanhã. Eu realizei minhas ambições. Estou feliz, estou contente, e não quero ser como vocês...

Encaminha-se para a porta, mas, mudando de ideia, volta atrás e, no meio dos mortos que caçoam, acrescenta:
- ... Vocês não só estão mortos, mas perderam o ânimo.

Furioso, dirige-se para a saída, seguido pelo velho.

Atrás dele, os mortos continuam a falar ao mesmo tempo:

— Melhor para ele, se está feliz... Ele ainda acabará entendendo... Todos iguais! Ele pensa que é mais esperto. Mas não passa de um ridículo! Vamos ver se vai dar certo... Se ele está alegre, sorte dele!

No meio dessa algazarra, batem com força à porta.

De boca cheia, o Regente grita:

— O que é?

No momento em que Pierre e seu companheiro chegam à porta, esta se abre e dá passagem a um oficial miliciano que cumprimenta o Regente e anuncia:

— O Chefe de Polícia pede para lhe falar. Diz que é muito urgente e muito grave.

— Faça-o entrar.

O oficial cumprimenta e sai.

Pierre e o velho se dispõem a segui-lo, mas de repente Pierre se imobiliza na soleira. Vê o Chefe de Polícia conversando com Lucien Derjeu. Manifestamente, está brigando com o rapaz.

OS DADOS ESTÃO LANÇADOS

Lucien, escoltado por dois milicianos, está amolado e com medo.

Espantado, Pierre observa Lucien e articula:

— Essa agora! O garoto, ali... Foi ele quem me apagou...

De punho estendido, bruscamente ameaçador, ele grita na direção de Lucien:

— Salafrário!

Mas o velho aconselha:

— Não perca tempo.

— Eu sei... mas eu queria assim mesmo quebrar a cara dele.

O Chefe de Polícia se adianta e se inclina diante do Regente. Os mortos, que se haviam afastado um pouco, voltam a se agrupar em torno da mesa.

— O que foi Landrieu? pergunta o Regente. Landrieu, muito contrariado:

— Um incidente deplorável. Excelência... Eu... Vamos... estou ouvindo...

— Um dos nossos delatores fez uma besteira... Ele matou Pierre Dumaine.

O Regente, que estava bebendo, engasga:

— Pierre Dumaine morto, e você chama isso de *incidente?*

Ele dá um soco na mesa e prossegue:

– Sabe o que vai acontecer, Landrieu?... Sem Pierre Dumaine, não há mais insurreição. A Liga não vai se mexer sem seu chefe.

Pierre muda de expressão. O velho, que parece ter compreendido tudo, olha-o de soslaio com ironia.

– Eu tinha dito para ele segui-lo, Excelência... ele achou que estava ajudando... responde Landrieu.

Pierre se aproxima mais, abrindo passagem por entre os outros mortos.

Com a fisionomia tensa, ele escuta.

O Regente grita na cara do acabrunhado Landrieu:

– Era preciso que eles fizessem essa insurreição. Com as informações que tínhamos, seria uma ocasião única. Todos os líderes liquidados de uma vez só e a Liga reprimida por dez anos.

Pierre está transtornado. O velho pergunta em tom inocente:

– Está sentindo alguma coisa?

Pierre não responde.

Os mortos, livrando-se de sua prostração, acompanham a discussão com interesse apaixonado.

OS DADOS ESTÃO LANÇADOS

Alguns compreenderam e olham ora para Pierre, ora para o Regente, com sorrisos coniventes.

Landrieu gagueja:

— Nem tudo está perdido, Excelência.

— Sorte sua, Landrieu. Se *amanhã* a Liga não se mexer, *você* é que vai responder pelo excesso de zelo de seu espião... Vá!

Hesitando, mas sem coragem de dizer mais nada, o Chefe de Polícia se inclina e sai enquanto o Regente furioso diz para si mesmo:

— Três anos de esforços. Uma despesa como nunca se viu.

Vendo a cara de Pierre, os mortos se põem a rir:

Quando Landrieu chega à porta, o Regente berra uma última vez:

— Isso vai lhe custar caro, Landrieu!

O Chefe de Polícia se volta e se inclina.

No meio dos mortos que continuam a caçoar, Pierre diz:

— Estão rindo de quê? Todos os companheiros vão ser massacrados.

— Não seja pessimista! ironiza o chefe miliciano.

— Vocês são asquerosos! grita Pierre.

61

Em seguida se afasta e, aproveitando a porta que Landrieu abriu, sai depressa, seguido do velho.

A RUA DOS CONSPIRADORES

Um jovem operário chega correndo à porta do prédio no qual Pierre Dumaine havia realizado a reunião secreta em que foram acertados os últimos pormenores da insurreição.

Depois de dar uma rápida olhada em torno de si, o jovem entra.

UMA ESCADA DE PRÉDIO

O jovem operário para diante da porta de um quarto, num sórdido patamar.

Pierre e o velho companheiro estão ali atrás do jovem. Eles esperam.

Nervoso o jovem operário bate à porta e grita:

— Ei! turma! Parece que eles balearam o Dumaine.

Ouvem-se passos rápidos que se aproximam, e a porta se abre.

OS DADOS ESTÃO LANÇADOS

Dixonne intervém:

— O que é que você disse?

— Parece que eles balearam o Dumaine... repete o outro.

Vindo do interior do aposento, a voz de Langlois insiste:

— Você tem certeza?

— Foi Paulo quem contou.

Pierre olha cada um dos rostos de seus antigos companheiros.

— Os salafrários! resmunga Dixonne. Vá buscar notícias. Quando você souber alguma coisa, passe na minha casa.

— Está bem, concorda o jovem operário, que imediatamente desce a escada.

O QUARTO DOS CONSPIRADORES

Dixonne empurra maquinalmente a porta sem fechá-la direito. Ele se volta para os camaradas que o cercam. Os quatro homens ficam em silêncio.

No vão da porta aparece o rosto de Pierre. Ele escuta, muito sério.

Enfim, Langlois rompe o pesado silêncio:
- Se Dumaine está morto, a gente mantém assim mesmo o combinado para amanhã?
- Agora já temos dois motivos em vez de um, responde Dixonne. Vão pagar por isso também... Não acham, rapazes?
- De acordo.
- Temos dois motivos em vez de um.
- Certo, conclui Dixonne, agora, ao trabalho. Não há tempo a perder...

Pierre, no vão da porta; tenta abri-la. Ele força com o corpo. A porta não se mexe.

Dixonne se dirige a Poulain ainda de pé:
- Abra um pouco, está muito abafado aqui.

Poulain vai, abre a janela e, sob o efeito da corrente de ar, bruscamente, a porta se fecha...

A ESCADA

Pierre está encostado na porta fechada. Ele bate sem que se ouça o menor ruído e grita através da porta.
- É uma cilada, rapazes! Não façam nada. É uma cilada.

OS DADOS ESTÃO LANÇADOS

Em vez de resposta, ouve-se alguém que se aproxima e, por dentro, fecha a porta à chave.

Pierre olha o velho que lhe faz sinal para não insistir. Pierre sabe que seus esforços são inúteis, e sofre com isso pela primeira vez.

Desesperado, vira-se e diz:

— Amanhã, eles todos vão estar mortos ou presos. E por minha culpa.

O velho cavalheiro faz um gesto que significa: "O que você pode fazer"?

Agora, Pierre martela furiosamente o corrimão com murros surdos:

— É claro que aqui ninguém se importa com nada. Mas eu não, o senhor compreende? Eu não.

NA CASA DOS CHARLIER

No quarto de persianas semicerradas, o corpo de Eve está deitado na cama.

Ajoelhada, Lucette segura a mão da irmã e chora, com o rosto apoiado nessa mão.

Imóvel, André está de pé atrás da jovem cunhada.

Eve se mantém de pé, de costas para a parede, braços cruzados, e observa a cena com um olhar duro.

Lucette levanta a cabeça, beija emocionada a mão da irmã. Geme, desesperada:

— Eve, Eve, minha querida.

André se inclina sobre Lucette, a toma suavemente pelos ombros e a força a se levantar.

— Venha, Lucette... venha...

A moça se deixa levar.

André leva Lucette, segurando-a pela cintura.

Ela encosta a cabeça no ombro de André.

Este conduz Lucette até um sofá e a faz sentar-se.

Passaram diante de Eve que, lentamente, lhes segue os passos, sem deixar de olhá-los muito preocupada. Ela se coloca atrás do sofá e espera...

De repente, ouve-se uma voz de homem:

— Bom dia!

Eve se volta bruscamente.

Seu rosto se ilumina e logo, muito comovida, murmura:

— Papai!

O pai de Eve, amável e sorridente, passa a cabeça pelo vão da porta da sala. Entra pela estreita abertura e avança em direção a Eve.

OS DADOS ESTÃO LANÇADOS

— Soube que você estava entre nós. Vim desejar-lhe as boas-vindas.

É um velho ainda bem conservado, muito distinto, vestido com apuro: polainas, cravo na lapela. É a personificação do velho *clubman*, incuravelmente superficial.

Ele se junta a Eve, que, muito comovida, ficou parada, e lhe estende as mãos. Ela se atira em seus braços.

— Pai, como estou feliz! Fazia tanto tempo...

O pai a beija de leve na testa e a empurra suavemente com as duas mãos. Ao recuar, Eve conserva as mãos do pai nas suas e o contempla com emoção. Depois essa emoção se transfere para Lucette e ela diz de repente:

— Papai... Nossa pequena Lucette... É preciso que você saiba o que se passa aqui.

O pai parece constrangido e até um pouco desgostoso. Não quer olhar para o lado que Eve lhe aponta.

— Você acha mesmo que é necessário? Tenho pouco tempo, minha filha.

Eve o força a se voltar para o sofá.

— Olhe.

Lucette conserva ainda a cabeça sobre o ombro de André e chora discretamente. Tendo-lhe cingido os ombros com o braço, André a abraça.

O pai olha visivelmente contrariado e preferiria estar noutro lugar...

- Está vendo? pergunta Eve.
- Não chore, Lucette, diz André.

Eve, sem tirar os olhos do par, dirige-se ao pai:

- Escute...
- Você não está só, já lhe disse, prossegue André. Eu gosto de você como Eve gostava... Gosto de você com muita ternura, Lucette... Você é tão sedutora e tão jovem...

Lucette levanta os olhos para André que lhe sorri; em seguida, confiante como uma criança, apoia de novo a cabeça no ombro do cunhado. Com um gesto de piedade e de ternura pela irmã, Eve pousa a mão sobre os cabelos e a fronte de Lucette.

No mesmo instante, André se inclina e beija Lucette nas têmporas.

Eve, com repulsa, retira logo a mão.

- Pai!...

Mas o pai faz um gesto de impotência:

- É isso, minha filha... é isso!

Ao mesmo tempo, ele dá uns passos como se procurasse se afastar desse triste espetáculo.

- Pai, ele me envenenou porque eu o incomodava...

OS DADOS ESTÃO LANÇADOS

O pai dá ainda alguns passos e esboça um gesto vago.

— Eu vi... não fica bem... Não fica nada bem...

Eve olha para o pai, indignada com tanta indiferença.

— Mas é sua filha, pai. Ela vai sofrer com ele.

Eve e o pai estão agora um de cada lado do sofá, com André e Lucette entre eles.

— Evidentemente, é muito lamentável...

— É tudo o que você tem a dizer?

Confuso, o pai olha Eve e replica com violência:

— O que é que você quer que eu diga? Eu sabia o que me esperava aqui. Sabia que não poderia fazer nada. Por que você não me deixou ir embora?

Depois sua raiva se volta contra André:

— Nós estamos vendo você, André, nós o estamos ouvindo. Vai ter de prestar contas um dia. Assassino! Estamos sabendo de tudo, entende?... Lucette... Por amor de Deus, Lucette, escute, eu...

Lucette, com a cabeça sempre pousada no ombro de André, sorrindo através das lágrimas, se aconchega mais junto a ele e murmura:

— Você é bom, André...

O pai para bem no meio da frase. Depois sua raiva esfria e ele abre os braços num gesto triste e resignado. Dirige-se a Eve:

— Você vê o papel que estou fazendo, minha filha? Eu sou ridículo... Bem, prefiro ir embora...

Ele se dirige para a porta, mas Eve corre atrás dele:

— Lucette era sua preferida.
— É fácil esquecer os vivos, você verá... Quando você era noiva, eu me consumia ao vê-la com esse patife. Preveni você muitas vezes. Mas você sorria para ele sem me ouvir, como Lucette...

Continuam a andar até a porta:

— Então, adeus, minha filha. Senão vou me atrasar. Tenho um *bridge* daqui a dez minutos.

Eve se espanta:

— Um *bridge*?
— É. Nós olhamos os vivos jogarem. Vemos os quatro jogos. É muito divertido. Aliás, nós jogaríamos bem melhor do que eles, se pudéssemos segurar as cartas...

Enquanto falam, Eve e o pai chegam à porta da sala de visitas. No limiar, eles se voltam.

OS DADOS ESTÃO LANÇADOS

André e Lucette se levantaram. André enlaça a jovem cunhada, segurando-a pela cintura, e a leva para um outro quarto. Ele abre a porta.

Quando vão sair, Eve corre para segui-los, porém chega à porta no momento em que André a fecha.

Eve, transtornada, apoia-se na moldura da porta, bate com toda a força sem que se ouça um som.

Ao mesmo tempo, ela chama angustiada:

– Lucette! Lucette!

Deixa de bater na porta e vira-se para o pai. Ele está pronto para partir. Olha Eve e aconselha-a:

– Não volte mais aqui se for para sofrer. Bem... adeus, minha filhinha... adeus...

Ele desaparece.

Eve fica por um momento imóvel e lança um último olhar para a porta.

OS FUNDOS DA LOJA

A velha senhora está sentada à escrivaninha. Na frente dela, está de pé, muito intimidada, uma mocinha de pulôver. Seus cabelos despenteados estão molhados e pendem colados em torno do rosto. A velha senhora lhe estende a caneta dizendo em tom ríspido e afetuoso:

— Foi péssimo você se afogar com esta idade!... Assine... Com efeito você se antecipou, agora...

E, como a pequena permanece diante dela, de olhos baixos, acrescenta:

— A saída é por ali, minha menina...

A pequena sai.

A velha senhora sacode a cabeça, passa o mata-borrão sobre a assinatura e diz, fechando o livro de registro:

— Bem... Por hoje chega.

Nesse exato momento, uma voz de homem enche o aposento, uma voz enorme e grave:

— Não, senhora Barbezat, não!

A velha senhora se sobressalta e adquire logo a aparência constrita de empregada chamada à ordem.

A voz continua:

— Queira consultar seu registro no capítulo "Reclamações".

— Pois não, senhor diretor, responde humildemente a velha senhora, sem levantar os olhos.

OS DADOS ESTÃO LANÇADOS

Ela abre o livro de registro, ajusta o lornhão e consulta o capítulo indicado, no cabeçalho do qual pode ler esta indicação:

"Pierre Dumaine-Eve Charlier. Encontro marcado: dez horas e meia, no Parque da Orangerie"

A velha senhora fecha o lornhão e suspira:

— Ora, vamos! Mais complicações.

UM PARQUE

Pierre e o velho caminham lado a lado numa alameda do parque.

Cansado, Pierre se dirige ao companheiro:

— É uma bela safadeza estar morto!
— Sim... Mas assim mesmo há pequenas compensações...
— O senhor não é muito exigente!
— Nada de responsabilidades. Nem preocupações materiais. Liberdade total. Diversões de primeira.

Amargo, Pierre ironiza:

— O Regente, por exemplo...
— Você se põe sempre do ponto de vista da terra. Mas vai acabar se conformando.

— Espero que não. A prudência dos mortos me desconcerta.

Nesse momento eles passam por uma linda marquesa. O velho a observa sorrindo e acrescenta:

— Aliás, há mortas lindas...

Pierre não responde.

Pouco a pouco, um som fanhoso de flauta se impõe ao ouvido de Pierre; o som se aproxima.

Pierre percebe de repente, diante dele, um velho mendigo cego que se mantém agachado na esquina de uma alameda.

Ele pôs sua escudela diante dele e toca flauta. Os vivos, ao passarem, jogam moedas na escudela.

Pierre para diante do cego, olha-o e diz:

— São os vivos que me interessam... Veja esse velho mendigo. É um coitado. O último dos homens. Porém está vivo.

Devagar, ele se agacha perto do cego. Olha para ele, fascinado... Toca-lhe o braço, depois o ombro e murmura, entusiasmado:

— Está vivo!

Ergue os olhos para o velho e pergunta:

— Nunca aconteceu de alguém voltar à terra para arrumar seus negócios?

OS DADOS ESTÃO LANÇADOS

Contudo o velho não o ouve, preocupado apenas em sorrir para a linda marquesa do século XVIII, que torna a passar perto deles. Muito animado, o velho se desculpa junto a Pierre:

— Você me permite?

Pierre responde com indiferença:

— Pois não...

O velho dá dois passos em direção da marquesa, depois muda de ideia e tenta explicar:

— Isto não vai muito longe, mas ajuda a passar o tempo.

Em seguida, vivamente, ele segue a marquesa.

Pierre passa o braço ao redor do ombro do mendigo e se abraça nele, como se quisesse recolher um pouco de seu calor...

Por um breve instante, ele permanece nessa atitude até que uma voz lhe pergunta:

— O que está fazendo aí?

Pierre reconhece a voz de Eve.

Ele se volta e se levanta depressa. A mulher olha para ele e sorri.

— Não há motivo para riso, diz Pierre.

— Você estava tão engraçado com esse velhote!

- Ele está vivo, entende? retruca como para se desculpar.
- Pobre velho! murmura ela, eu sempre dava alguma coisa para ele quando passava... mas agora...

Enquanto fala, ela se sentou perto do velhote, para quem olha também com um sentimento de pesar e de inveja...

Pierre torna a sentar-se, do outro lado do cego. Ficam assim, Eve e ele, de cada lado do mendigo.

- É, diz ele, agora somos nós que precisamos dele. Ah! se eu pudesse entrar na pele dele e voltar à terra por um momento, só por um momentinho.
- Também eu queria muito isso.
- Você tem problemas lá do outro lado?
- Um só, mas bem grande.

Enquanto eles falam, o cego começa a se coçar; primeiro discretamente, depois com mais força.

Nem Pierre nem Eve o notam imediatamente porque, assim que começam a falar de seus problemas, param de olhar o velho, ou melhor, olham-se um ao outro.

- Comigo é a mesma coisa, declara Pierre, talvez seja ridículo, mas não consigo esquecer...

OS DADOS ESTÃO LANÇADOS

De repente, sem motivo aparente, ele começa a rir.

– Por que está rindo? pergunta ela.

– Eu imaginava você na pele do velho.

Eve encolhe os ombros.

– Essa ou outra qualquer...

– Você perderia com a troca, assegura Pierre, olhando-a.

Nesse instante, o cego para bruscamente de tocar e coça a barriga da perna com violência.

Eve se levanta e reconhece:

– De fato, eu preferia achar uma outra pele.

Sorrindo, Pierre também se levanta e eles se afastam deixando o velho cego.

Lado a lado, seguem, agora por uma alameda do parque. Não falam nada.

A alguns metros, duas mulheres quaisquer passam por eles. A cada uma delas, Pierre lança uma olhada crítica, depois, bruscamente, declara:

– Isso deve ser raro.

Eve não compreende.

– O quê?

– Uma viva com quem você não perderia na troca.

Eve sorri ao elogio, mas, quase no mesmo instante, eles cruzam com uma moça, elegante e linda.

Eve declara com firmeza:

— Aquela ali...

Pierre diz "não" com a cabeça, como se Eve não tivesse gosto, e, muito naturalmente, toma-lhe o braço. Ela reage ligeiramente, mas não tenta se desvencilhar.

Sem olhá-la, Pierre diz:

— Você é linda.

— Eu era linda, corrige Eve sorrindo.

Sempre sem olhá-la, Pierre responde:

— Você é linda. A morte lhe cai bem. Aliás, você tem um vestido...

— É um penhoar.

— Mas poderia ir com ele até ao baile.

Ambos ficam por um instante em silêncio, em seguida ele pergunta:

— Você morava na cidade?

— Sim.

— Que pena, murmura ele. Se eu tivesse encontrado você antes...

— O que teria feito?

OS DADOS ESTÃO LANÇADOS

Pierre se volta bruscamente para a moça com ímpeto. Vai dizer alguma coisa, mas fogem-lhe as palavras.

Seu rosto fica sombrio e ele resmunga:

— Nada.

Eve olha-o com ar interrogador. Ele encolhe os ombros. Em seguida, diz subitamente, parando:

— Olhe aqueles dois ali.

Um carro de luxo, guiado por um motorista em libré, acaba de estacionar à beira da calçada.

Uma moça muito bonita e elegante desce, seguida por um *poodle* que ela segura pela correia. A moça dá uns passos.

Na mesma calçada, vindo ao encontro dela, aproxima-se um operário de 30 anos. Ele carrega um cano de aço no ombro.

— Ela, constata Pierre, é mais ou menos como você, em versão piorada. Ele é um tipo como eu, também em versão piorada...

Enquanto ele fala, a linda mulher e o operário se cruzam.

— ... Eles se encontram, prossegue Pierre...

A transeunte elegante e o operário se afastam, cada um para seu lado.

Pierre se volta para Eve e conclui simplesmente:

– Aí está... Eles nem sequer se olharam.

Em silêncio, retomam o passeio.

UM ESTABELECIMENTO MUNDANO NO PARQUE

Um estabelecimento muito chique, espécie de salão de chá mundano, imenso terraço, mesas e cadeiras em junco claro, uma pérgola branca e uma pista para os dançarinos. Algumas mesas estão ocupadas por consumidores muito elegantes.

A moça que acaba de descer do carro se aproxima dos amigos.

Dois cavalos de sela estão amarrados a uma cerca. Uma amazona desce do cavalo, auxiliada por um criado de estrebaria.

Pierre e Eve, prosseguindo o passeio silencioso, chegam diante do estabelecimento. Pierre propõe à companheira:

– Vamos nos sentar.

Eles se dirigem para o salão de chá no momento em que a elegante amazona passa bem diante deles, e Pierre, seguindo-a com o olhar, declara:

– Eu nunca compreendi que alguém se fantasie para andar a cavalo.

OS DADOS ESTÃO LANÇADOS

Eve aprova, alegremente:

— Foi o que eu sempre lhe disse.

E acrescenta, dirigindo-se à amazona:

— Oh! você a conhecia? Desculpe...

— É uma das conhecidas de meu marido, explica Eve rindo.

Madeleine se aproximou de um grupo de três personagens, dois homens e uma mulher. Os dois homens se levantam e beijam cerimoniosamente a mão da recém-chegada. Eles estão em traje de montaria muito elegante: chapéu-coco claro, paletó ajustado, gravata branca. Um dos cavaleiros oferece galantemente uma cadeira à amazona.

— Sente-se, minha cara.

A moça se senta, coloca o chapéu-coco sobre a mesa, ajeita os cabelos e diz em tom mundano:

— O bosque estava um encanto, esta manhã.

Pierre acompanhou a cena. Ele indaga:

— Também beijavam a sua mão?

— Às vezes.

Então, Pierre convida-a a sentar-se, sem tocar na cadeira, imitando os gestos e a voz do cavaleiro:

— Sente-se, minha cara.

Eve entra no jogo, senta-se e estende a mão para ser beijada, com afetação.

Após uma pequena hesitação, Pierre pega a mão oferecida e a beija, meio desajeitado, mas assim mesmo com gentileza. Em seguida, senta-se ao lado de Eve declarando com naturalidade:

- Eu vou ter de me esforçar muito.

Eve responde, imitando a voz da amazona e fazendo trejeitos como ela:

- De modo nenhum, caro amigo, você tem jeito.

Mas Pierre não entra na brincadeira. Olha para o lado dos cavaleiros com ar sombrio. Em seguida, seu olhar se perde no vazio tornando-o sonhador.

Eve observa-o por um momento e, por fim, tenta quebrar o silêncio:

- Este lugar lhe agrada?
- Sim... mas não as pessoas que vêm aqui.
- Eu costumava vir muito aqui.
- Não digo isso por sua causa, responde ele, sempre preocupado.

Novo silêncio, entre eles.

- Você não está muito falante, censura ela.

Pierre responde:

OS DADOS ESTÃO LANÇADOS

— É verdade... No entanto, escute...

Mas ele parece um pouco perdido.

Olha para ela com muita ternura.

— Gostaria de dizer-lhe um montão de coisas, mas sinto-me vazio assim que começo a falar. Tudo some. Escute, eu acho você muito bonita; pois bem, isso não me dá prazer de verdade. É como se eu lamentasse alguma coisa...

Eve sorri com uma triste doçura.

Vai provavelmente falar, mas duas vozes alegres, muito próximas, impedem-na de fazê-lo.

São as de um jovem e uma moça que hesitam diante de uma mesa desocupada.

O jovem interroga:

— Ali?

— Como você quiser.

— Frente a frente ou ao meu lado?

A moça, após uma leve hesitação, decide, ruborizando-se:

— Ao seu lado...

Sentam-se à mesma mesa que Pierre e Eve ocupam.

Enquanto a moça hesitava na escolha do lugar, Pierre fez o gesto maquinal de levantar-se para ceder o seu...

No entanto, uma garçonete se aproxima, e o jovem pede:

— Dois vinhos do porto.

Eve observa os jovens e diz:

— Ela é linda.

Pierre, sem tirar os olhos de sua companheira, sorri e aprova:

— Muito linda.

Contudo sente-se que é em Eve que ele pensa. Ela percebe e fica sem jeito.

A moça pergunta:

— Em que você está pensando?

— Penso, responde o jovem, que moramos há 20 anos na mesma cidade e que faltou pouco para não nos conhecermos.

— Se Marie não tivesse sido convidada para ir à casa de Lucienne...

— Talvez nunca tivéssemos nos encontrado.

E, a uma só voz, eles exclamam:

— Escapamos por um triz!

OS DADOS ESTÃO LANÇADOS

A garçonete coloca os copos diante deles. Eles se servem e brindam seriamente, olhos nos olhos.

Enquanto os copos se chocam, as vozes dos moços se tornam surdas, e são as vozes de Pierre e de Eve que pronunciam:

— À saúde.

— À saúde!

As vozes momentaneamente abafadas dos dois jovens se tornam mais distintas. É ela que reclama:

— Naquele dia, você não parecia prestar atenção em mim...

— Eu? protesta o jovem indignado. Assim que a vi, pensei: ela foi feita para mim. Pensei e senti no meu corpo...

Pierre e Eve se olham, escutam, sem se mexer, e sente-se que eles desejariam que as palavras dos moços fossem as suas. Seus lábios têm às vezes movimentos nervosos como se fossem falar.

O jovem prossegue:

— Eu me sinto mais forte e mais seguro que antes, Jeanne. Hoje eu ergueria montanhas.

O rosto de Pierre se anima e ele olha Eve com desejo.

O jovem estende a mão à namorada que lhe dá a sua.

JEAN-PAUL SARTRE

Pierre pega a mão de Eve.

— Eu amo você, murmura o jovem. Os dois moços se beijam.

Eve e Pierre se olham, profundamente perturbados. Ele entreabre a boca, como se fosse dizer: "Eu a amo"...

O rosto de Eve se aproxima do seu. Por um momento, parece que eles vão se beijar.

Mas Eve se contém. Afasta-se de Pierre e levanta-se, sem todavia soltar-lhe a mão.

— Venha dançar, diz ela.

Pierre a olha, espantado:

— Eu não sei dançar...

— Não tem importância, venha.

Pierre se levanta, hesitando ainda:

— Todo o mundo vai olhar para nós...

Desta vez, Eve ri com vontade:

— Ninguém vai nos ver. Vamos.

Por sua vez, ele ri da bobagem que disse e enlaça a moça meio tímido.

Chegam à pista passando entre as mesas.

Logo ficam sós na pista, e Pierre conduz sua dama com mais segurança.

— Que conversa era aquela? observa Eve, você dança muito bem.

OS DADOS ESTÃO LANÇADOS

— É a primeira vez que alguém diz isso.
— Porque eu sou o par que lhe faltava.
— Parece que sim...

Eles se olham e dançam um pouco em silêncio.

— Diga, pergunta Pierre de repente, o que está acontecendo? Ainda há pouco eu só pensava nos meus aborrecimentos e, agora, estou aqui... Dançando e olhando apenas você sorrir... Se a morte for isso...
— Isso?
— É. Dançar com você sempre, ver apenas você, esquecer todo o resto...
— E então?
— A morte valeria mais que a vida. Não acha?
— Abrace-me com força, ela sussurra.

Os rostos estão bem perto um do outro. Dançam mais um pouco e ela repete:

— Abrace-me com mais força...

De repente, o rosto de Pierre se entristece. Ele para de dançar, afasta-se um pouco de Eve e murmura:

— É uma farsa. Eu nem toquei em sua cintura...

Eve compreende:

— É verdade, diz ela devagar, estamos dançando um separado do outro...

Ficam de pé frente a frente.

Em seguida, Pierre estende as mãos de modo que as pousa nos ombros da moça; depois as retira meio despeitado e diz:

— Meu Deus, seria tão bom tocar em seus ombros. Gostaria tanto de sentir sua respiração quando você sorri. Mas até isso não consigo. Encontrei você tarde demais...

Eve pousa a mão no ombro de Pierre.

Olha para ele com toda a atenção.

— Eu daria a alma para voltar à vida um instante e dançar com você.

— Sua alma?

— É tudo o que nos resta.

Pierre se aproxima da companheira e a enlaça novamente. Recomeçam a dançar muito suavemente, de rosto colado e olhos fechados.

De repente Pierre e Eve saem da pista de dança e se afastam pela rua Languénésie cujo cenário surgiu bruscamente em torno deles, enquanto o salão de chá desaparece aos poucos.

Pierre e Eve continuam dançando sem perceber o que aconteceu. Estão agora absolutamente sós no beco sem saída, ao fundo do qual se avista a única loja...

OS DADOS ESTÃO LANÇADOS

Enfim, num lento movimento, o casal cessa de dançar. Abrem os olhos, imobilizam-se.

Eve se afasta um pouco e diz:

– Preciso ir. Estão me esperando.

– Eu também.

Só nesse instante, olham ao redor e reconhecem o beco Languénésie. Pierre ergue a cabeça, como se ouvisse um chamado e diz:

– Esperam por nós dois...

Juntos, dirigem-se para a loja escura; a música de dança suaviza-se e ouve-se o tinido da campainha da entrada.

OS FUNDOS DA LOJA

A velha senhora está sentada à escrivaninha, com os cotovelos apoiados no grande livro de registro fechado e o queixo sobre as mãos unidas.

O gato está instalado em cima do livro como de costume.

Eve e Pierre se aproximam timidamente da velha senhora. Esta se apruma:

– Ah! Chegaram... Com cinco minutos de atraso.

– Então, não nos enganamos? pergunta Pierre. A senhora nos esperava?

A velha senhora abre o livro enorme numa página marcada por um sinal e começa a ler com voz de escrivão, fria e sem timbre:

– Artigo 140: se, em consequência de um erro imputável apenas à direção, um homem e uma mulher que estavam destinados um ao outro não se encontraram em vida, eles poderão pedir e obter a autorização para retornar à terra sob certas condições, a fim de realizar o amor e viver a vida em comum da qual foram indevidamente frustrados.

Tendo terminado a leitura, ela levanta a cabeça e olha através do lornhão o casal estarrecido.

– É realmente por esse motivo que estão aqui? Pierre e Eve se entreolham, e sob seu assombro transparece uma grande alegria.

– Isto é... diz Pierre.

– Querem voltar à terra?

– Meu Deus, senhora... diz Eve.

A velha senhora insiste meio irritada:

– Estou fazendo uma pergunta clara, diz ela perdendo a paciência, respondam.

– Pierre lança à companheira um novo olhar, alegremente interrogativo.

OS DADOS ESTÃO LANÇADOS

Com a cabeça, Eve diz: "Sim"...

Então, ele se volta para a velha senhora e declara:

– Queremos sim, senhora. Se for possível, queremos.

– É possível, senhor, confirma a velha senhora. Complica bastante o serviço, acrescenta, mas é possível.

Pierre agarra bruscamente o braço de Eve. Mas logo a larga e fica sério sob o olhar severo que lhe lança a velha senhora.

Como um oficial do registro civil, ela interroga Pierre:

– O senhor acha que foi feito para esta senhora?

– Sim, diz ele timidamente.

– Senhora Charlier, a senhora acha que foi feita para este senhor?

Corando como uma noiva, Eve murmura:

– Sim...

A velha senhora se inclina para o registro, vira as páginas e resmunga:

– Camus... Cera... Chalot... Charlier... Bem. Da... di, di... do... Dumaine... Bem, bem, bem. Ótimo. Vocês estavam autenticamente destinados um ao outro. Mas houve um erro na seção de nascimentos.

Eve e Pierre sorriem um para o outro, felizes e confusos, e suas mãos se apertam furtivamente.

Eve está um pouco espantada. Pierre um pouco convencido.

A velha senhora se recosta e os examina atentamente, olhando-os através do lornhão:

— Belo casal! diz ela.

Todavia, a velha senhora se inclina novamente sobre o livro no qual leu o famoso artigo 140. Mas desta vez é para resumir:

— Eis as condições que vocês devem cumprir. Vão voltar à vida. Não esquecerão nada do que conheceram aqui. Se, no fim de vinte e quatro horas, conseguirem se amar com toda a confiança e com todas as suas forças, terão direito a uma existência humana integral.

Em seguida, ela designa sobre a escrivaninha um despertador:

— ... Se dentro de vinte e quatro horas, isto é, amanhã às dez e meia, não conseguirem...

Pierre e Eve fixam aflitos o despertador.

— ... Se houver entre vocês a mais leve desconfiança... então vão voltar a me ver e retomar este lugar entre nós. Está claro?

Pierre e Eve experimentam uma mistura de alegria e apreensão que se traduz por uma aquiescência tímida:

OS DADOS ESTÃO LANÇADOS

— Entendido.

A velha senhora se levanta e pronuncia solenemente:

— Bem, vocês estão unidos.

Em seguida, mudando de tom, estende-lhes a mão com um sorriso:

— Minhas felicitações.

— Obrigado, senhora, responde Pierre.

— Meus parabéns.

Pierre e Eve se inclinam, depois, de mãos dadas, um pouco desajeitados, dirigem-se para a porta.

— Desculpe, senhora... Mas, quando chegarmos lá embaixo, o que é que os vivos vão pensar?

— Não vão desconfiar de nós? inquieta-se Eve.

A velha senhora sacode a cabeça, fechando o livro de registro:

— Não se preocupem. Colocaremos as coisas no ponto em que estavam no minuto em que vocês morreram. Ninguém vai pensar que são fantasmas.

— Obrigado, senhora...

Eve e Pierre se inclinam de novo. Em seguida, saem sempre de mãos dadas.

JEAN-PAUL SARTRE

A RUAZINHA E A PRAÇA

É a ruazinha onde, à saída da primeira entrevista com a velha senhora, Pierre tinha encontrado o velho. No fim da rua, avista-se a pracinha na qual se cruzam vivos e mortos.

Ao lado da porta, sentado num marco, o velho "espera por clientes". Bem perto, acocorado num degrau, está um operário de 40 anos.

Pierre e Eve saem da casa da velha senhora e dão alguns passos.

O velho, que somente os vê de costas, não os reconhece. Muito amável, levanta-se rápido.

– Sejam bem-vindos entre nós.

Pierre e Eve se viram enquanto ele esboça uma reverência. Sua surpresa, ao reconhecer os antigos companheiros, deixa a reverência inacabada e ele exclama:

– Ah! são vocês? Têm uma reclamação a fazer?
– Lembra do que lhe perguntei? diz Pierre. Se ninguém nunca tinha voltado para a terra? Pois bem, nós voltamos.

Enquanto fala, ele toma Eve pelo braço.

Atrás deles, o operário ergue a cabeça. Ele se levanta e se aproxima do grupo, com uma fisionomia interessada e cheia de esperança.

- É um favor especial? indaga o velho.
- É o artigo 140, explica Eve. Nós éramos feitos um para o outro.
- Meus sinceros parabéns, declara o velho. Eu ia me oferecer como guia, mas nesse caso...

Dá um risinho cúmplice:

- Vocês não precisam de mim...

Pierre e Eve, contentes, despedem-se amavelmente com um aceno de mão, voltam-se e dão com o operário que, embora tímido, lhes diz cheio de esperança:

- Desculpem... Mas é verdade o que os senhores disseram? Vão voltar?
- Vamos sim, meu rapaz, diz Pierre. Por quê?
- Eu queria pedir um favor...
- Diga o que é.
- Bem... Eu morri há um ano e meio. Minha mulher arrumou um amante. Isso pouco me importa... Mas o que me preocupa é minha filhinha. Tem 8 anos. O sujeito não gosta dela. Se os senhores pudessem ir procurá-la para pô-la noutro lugar...
- Ele bate nela? pergunta Eve.
- Todos os dias, responde o outro. E todos os dias eu vejo isso sem poder fazer

nada... Minha mulher não interfere. Está apaixonada, sabem como é...

Pierre lhe dá um tapa amável no ombro:

– Vamos cuidar de sua garota.
– É mesmo?... Vão me fazer esse favor?
– Está prometido, garante Eve. Onde o senhor mora?
– Rua Stanislas, 13. Meu nome é Astruc... Não vão esquecer?
– Não, afirma Pierre. Moro bem perto. E agora, deixe comigo...

O operário, muito comovido e sem jeito, recua murmurando:

– Muito obrigado, senhor e senhora, muito obrigado... e boa sorte.

Ele se distancia um pouco, volta-se e olha ainda uma vez Eve e Pierre com esperança e inveja...

Pierre abraça a companheira.

Estão radiantes.

– Como você se chama? pergunta Pierre.
– Eve. E você?
– Pierre.

Em seguida, ele se inclina para seu rosto e a beija.

OS DADOS ESTÃO LANÇADOS

Bruscamente as luzes se apagam, e Eve e Pierre não passam de duas silhuetas que, por sua vez, desaparecem completamente.

Permanece no meio da rua apenas o operário, que agita o boné e grita com toda a força:

— Boa sorte!... Boa sorte!...

A ESTRADA DO SUBÚRBIO

Na estrada de subúrbio, a roda da bicicleta de Pierre continua a girar lentamente.

Pierre está estirado no chão, rodeado pelos operários.

De repente Pierre mexe e levanta a cabeça.

O chefe miliciano berra:

— Desimpeçam a estrada!

Pierre sai do torpor com essa ordem. Ele olha e ouve um dos operários que grita:

— Abaixo a milícia!

Dois milicianos à frente do destacamento erguem metralhadoras a um sinal do chefe, que grita:

— Pela última vez, ordeno que desimpeçam a estrada!

Pierre toma logo consciência do perigo, levanta-se e ordena aos camaradas:

— Ei, gente, nada de besteiras!

Alguns homens acorrem para Pierre e o levantam, enquanto os outros continuam a enfrentar os milicianos com tijolos e pás.

Pierre insiste com raiva:

— Desimpeçam, droga... Não estão vendo que eles vão atirar?

Hesitantes, os operários desimpedem a estrada.

Os tijolos caem das mãos. As metralhadoras se abaixam. Um operário apanha a bicicleta de Pierre.

Então, o chefe miliciano se vira para seus homens e ordena:

— Ordinário, marche!

O destacamento passa e se afasta sob o ritmo pesado da marcha que emudece progressivamente...

O QUARTO DE EVE

No quarto de Eve, a mão de André puxa o cobertor de pele sobre o corpo da mulher.

OS DADOS ESTÃO LANÇADOS

André se levanta lentamente, armando uma expressão de bom marido desolado, quando de repente sua fisionomia muda, fica pálida e o olhar se detém na cabeceira da cama.

Eve acaba de se mexer ligeiramente. Em seguida, abre os olhos, olha o marido que a contempla estarrecido.

Ajoelhada junto à cama, com o rosto enterrado no cobertor, Lucette soluça. Ela segura a mão de Eve. Eve lança a Lucette uma olhada. Ergue os olhos para seu marido. E seus lábios esboçam uma espécie de sorriso ameaçador que significa: "Veja só, não estou morta..."

A ESTRADA DE SUBÚRBIO

Na beira da estrada, Pierre está de pé, apoiado em Paulo. Alguns operários o cercam. Olham os milicianos que se afastam, diminuindo o som dos passos.

Enfim, com um grande suspiro de alívio, Paulo se volta para Pierre:

– Que susto você me deu, danado... Eu acreditei realmente que eles tinham acertado você.

Todos os homens presentes estão mais que espantados. Sentem mal-estar não só pelo perigo que acabam de enfrentar, mas também pela rápida ressurreição de Pierre.

Este mostra a manga furada à altura do ombro.

— Faltou pouco, ele constata. O tiro me deu um sobressalto. Eu me machuquei.

Sorri. Seu rosto mostra um assombro incrédulo, que aumenta o mal-estar sentido pelos camaradas. Paulo sacode a cabeça:

— Meu caro, eu jurava que...
— Eu também, replica Pierre.
— Quer ajuda? propõe um operário.
— Não, não, estou muito bem.

Pierre ensaia alguns passos, e Paulo o segue.

Em volta deles, os últimos operários se dispersam em silêncio, salvo aquele que apanhou a bicicleta.

Pierre se dirige a ele, enquanto Paulo lança um olhar raivoso na direção dos milicianos e diz rispidamente:

— Esses cafajestes! Amanhã vão estar menos prosas.

Pierre para no meio da estrada e olha para o chão. Responde, meio desligado:

— Amanhã? de jeito nenhum.
— O que você disse? espanta-se Paulo.

OS DADOS ESTÃO LANÇADOS

Pierre se abaixou para apanhar cuidadosamente um tijolo abandonado. Ao mesmo tempo, replica:

— Não se meta nisso.

Ele sopesa o tijolo, o faz passar de uma mão à outra e constata sorrindo:

— Isto tem peso, arranha...

Paulo e o outro operário trocam um olhar preocupado.

Contudo, Pierre examina rapidamente o cenário que o cerca, e seu rosto se ilumina: acaba de avistar um casebre em ruínas, com uma única vidraça ainda intacta. Joga o tijolo com força e quebra o último vidro.

Então, voltando-se para os companheiros:

— Ufa! isso alivia.

Em seguida, monta na bicicleta e diz a Paulo:

— Às seis, na casa de Dixonne. Continua de pé o combinado.

Paulo e o operário têm a mesma impressão: Pierre não está bem. Trocam um olhar, e Paulo pergunta:

— Pierre, tudo em ordem? Quer que eu vá com você?

— Não se preocupe, estou firme.

Depois ele sai pedalando e se afasta.

– Você não deveria deixá-lo só, aconselha o operário a Paulo. Ele parece meio zonzo...

Paulo decide rápido:

– Eu pego sua bicicleta.

Ele pega a bicicleta que está no acostamento da estrada, monta e se lança no encalço de Pierre.

O QUARTO DE EVE

Lucette continua abatida junto à cama e aperta a mão da irmã.

De repente a mão mexe...

Lucette se levanta, olha Eve e, espantada, grita:

– Eve, minha querida, Eve...

Ela se atira nos braços da irmã e a abraça em soluços.

Eve a estreita junto a si num gesto cheio de ternura protetora, mas com o olhar fixo no marido...

Lucette balbucia através das lágrimas:

– Eve... que susto você me deu... Pensei...

Eve a interrompe suavemente:

OS DADOS ESTÃO LANÇADOS

— Eu sei...

André sempre imóvel, atônito, afasta-se em direção à porta e diz:

— Vou buscar o médico...

— É completamente inútil, André, diz Eve.

André, que já alcançou a porta, volta-se, pouco à vontade:

— Não, não é inútil, não...

Sai depressa fechando a porta.

Após a saída de André, Eve se ergue um pouco e pede à irmã:

— Quer me dar o espelho?

Lucette a olha perturbada:

— Você...

— É, o espelho, em cima da penteadeira.

No vestíbulo, André se dirige para a saída do apartamento.

Lança um olhar inquieto com desdém...

Pega automaticamente o chapéu e a bengala, abandona esta, mal-humorado, e sai.

Lucette, inclinada para Eve, passa-lhe o espelho.

A mão de Eve se apodera dele, contempla avidamente a imagem e murmura:

- Eu estou me vendo...
- O que é que você disse? pergunta Lucette.
- Nada, replica Eve.

Lucette está sentada à beira da cama e, ansiosa, olha a irmã.

Eve descansa o espelho na cama, toma a mão da irmã e, séria, pergunta com ternura:

- Lucette, o que há entre André e você?

Lucette arregala os olhos.

Fica um pouco embaraçada, mas é sincera:

- Não há nada. O que é que você quer que haja? Gosto muito dele.

Eve acaricia os cabelos de Lucette e diz em tom afetuoso:

- Sabe que ele casou comigo pelo meu dote?

Lucette protesta, indignada:

- Eve!
- Ele me odeia, Lucette.
- Eve, ele passou as noites em claro quando você estava doente, responde Lucette afastando-se da irmã.
- Ele me enganou inúmeras vezes. Abra a escrivaninha dele e veja os maços de cartas femininas.

Lucette se levanta bruscamente, indignada e incrédula.
- Eve, você não tem o direito...
- Vá ver na escrivaninha, aconselha Eve com calma.

Ao mesmo tempo, ela afasta o cobertor e se levanta, enquanto Lucette recua como se a irmã lhe desse medo.

A moça, teimosa e até um pouco dissimulada, replica com fúria:
- Não vou remexer nos papéis de André. Não acredito em você, Eve. Conheço André melhor do que você.

Eve agarra a irmã pelos ombros, olha-a um instante e constata, sem violência, mas com severa ternura, meio irônica:
- Melhor do que eu? Já conseguiu conhecê-lo melhor do que eu? Pois bem, sabe o que ele fez?
- Não quero ouvir mais nada, não quero. Você está com febre ou quer me aborrecer.
- Lucette...
- Chega!

Num ímpeto, Lucette se desvencilha da irmã e vai embora correndo.

JEAN-PAUL SARTRE

Eve deixa cair os braços e acompanha-a com o olhar.

O PRÉDIO DOS CHARLIER

Pierre hesita, depois para diante da porta do prédio muito chique onde mora Eve Charlier.

Ele olha, verifica o número e se dispõe a entrar quando dois oficiais milicianos saem do prédio.

Pierre disfarça e espera que eles se afastem para transpor a soleira.

No mesmo instante, Paulo, de bicicleta, para à beira da calçada, um pouco mais longe.

Admirado, vê Pierre entrar no suntuoso prédio...

O *HALL* DO PRÉDIO

Pierre atravessa lentamente o *hall* deserto e se aproxima da cabine do porteiro, que aparece através da porta envidraçada.

O homem está de libré, impecável e muito vermelho. Pierre entreabre a porta para se informar:

OS DADOS ESTÃO LANÇADOS

– A Senhora Charlier?

– Terceiro andar à esquerda, indica o outro secamente.

– Obrigado.

Ele fecha a porta e se dirige para a escada principal.

Mas o porteiro, que o segue com um olhar desconfiado, torna a abrir a porta e ordena brutalmente:

– A escada de serviço é à direita.

Pierre se volta rápido, abre a boca, furioso, em seguida dá de ombros e entra pela porta lateral sobre a qual uma placa indica: Serviço.

O QUARTO DE EVE E A SALA DE VISITAS

Eve, que acaba de se vestir, volta à penteadeira. Dá um último retoque na maquiagem. Está nervosa e apressada...

Veste um *tailleur* sóbrio, mas muito elegante.

Um casaco de pele está colocado sobre o encosto de uma poltrona.

Batem à porta.

Eve se volta rápida.

– Entre.

A arrumadeira aparece e anuncia:

– Está aí um sujeito que quer falar com a senhora. Diz que vem da parte de Pierre Dumaine.

Ao ouvir o nome, Eve estremece. Entretanto, consegue se dominar e indaga:

– Onde ele está?

– Eu o deixei na cozinha.

– Faça-o entrar na sala, ora!

– Sim, senhora.

Ficando sozinha, Eve esconde o rosto nas mãos e se concentra, um pouco vacilante, como se tudo girasse em torno dela. Em seguida, afasta as mãos e, decidida, pega a esponja de pé.

Na sala vizinha, Pierre acaba de entrar à convite da empregada, que sai imediatamente.

Pierre olha em torno de si, muito intimidado pelo luxo que o cerca.

De repente, a porta se abre.

Eve aparece e, muito emocionada, para na soleira. Pierre se volta, também emocionado e muito sem jeito. Dá um sorriso sem graça e só consegue dizer:

— Pois é, estou aqui...

Ambos estão muito embaraçados, olham-se sorrindo constrangidos, ele, com um terrível sentimento de inferioridade, e ela, muito emocionada.

Por sua vez, ela ri, nervosa:

— É... você está aí...

Em seguida, aproximando-se lentamente dele, acrescenta:

— Não era para subir pela escada de serviço.

Escarlate, Pierre balbucia:

— Oh! eu... não tem importância...

De repente a porta da sala se abre, e Lucette entra rapidamente! Só ao fechar a porta é que ela avista Pierre.

— Oh! queira desculpar... diz ela.

Pierre e Eve estão bem perto um do outro.

Lucette se surpreende por um instante, depois se dirige para outra porta descrevendo um círculo.

Eve pega Pierre pelo braço e lhe diz com doçura:

— Venha...

Lucette se volta e assiste, estupefata, à saída deles.

Por sua vez, chocada, sai batendo a porta.

Pierre dá alguns passos no quarto de Eve, antes de enfrentar a moça que vem em sua direção.

Imóvel, ela o examina longamente, com uma espécie de espanto.

— É você... murmura ela.

— Pois é... ele repete, sou eu.

Ele vai pôr as mãos nos bolsos, depois as retira depressa.

— Sente-se, diz Eve.

Pierre volta-se, olha a poltrona, dá um passo em sua direção, depois declara:

— Prefiro ficar de pé.

Põe-se a andar de um lado para outro, olhando em torno de si.

— Você mora aqui?

— Claro.

Pierre sacode a cabeça com amargura.

— É linda a sua casa...

Eve sentou-se ao pé da cama, sempre olhando para ele. Pierre volta à poltrona e senta-se.

Rígido, com os pés sob a cadeira, o olhar ausente.

De repente, Eve se põe a rir nervosamente.

Ele a examina, espantado, já ofendido. Eve não pode mais se conter:

— Por que você está rindo?

Ela consegue, enfim, dominar o riso, quase transformado em choro.

— Porque você parece uma visita.

Pierre não se acanha e diz desanimado:

— Lá, era bem mais fácil...

Ele se levanta, dá alguns passos, as mãos atrás das costas, cada vez mais sem jeito e constrangido pelo ambiente que o cerca.

Tensa, Eve acompanha o seu ir e vir, sem uma palavra.

Pierre passa primeiro diante da penteadeira apinhada de frascos, escovas e objetos de luxo. Em seguida, para diante de um armário envidraçado no qual estão dispostos bibelôs de valor: estatuetas chinesas, jades preciosos, joias antigas delicadamente lapidadas.

Contempla tudo aquilo com um leve sorriso irônico e triste.

Ao mesmo tempo, diz entre dentes, como se falasse sozinho:

— É isso, é isso...

Em seguida, sem se voltar, decidido, declara:

— Eve... você tem de vir a minha casa.

Ela pergunta, inquieta:

- Onde?
- Minha casa, repete ele simplesmente.
- É claro que vou sair desta casa, Pierre. Vou para onde você quiser, mas não já.

Ele volta para o pé da cama e diz, sombrio:

- Eu sabia... O amor era muito lindo entre os mortos. Aqui, com tudo isto...

Roça a ponta dos dedos pelo casaco de pele colocado ao pé da cama.

- Tudo isto? repete Eve.

Com um movimento da cabeça, ele indica o quarto.

- As peles, os tapetes, os bibelôs...

Eve compreende e coloca a mão sobre a de Pierre.

- Assim que você confia em mim? Não é tudo isto que me prende, Pierre. É por minha irmã que fico aqui. Preciso defendê-la.
- Como queira.

Já começa a ir embora.

Eve se levanta vivamente:

- Pierre!

Ele para, Eve o alcança, segura-o pelo braço e murmura:

OS DADOS ESTÃO LANÇADOS

— Não seja injusto...

Mas Pierre conserva a fisionomia fechada. Eve se aproxima mais, segura o outro braço.

— Não vamos brigar, Pierre. Não temos tempo.

A porta se abre e André entra, com o chapéu na mão.

Lucette, que certamente o informou da estranha atitude da irmã, aparece atrás dele, mas fica na sala. Pierre e Eve se voltam sem pressa para a porta.

André, para quebrar o silêncio, diz maquinalmente:

— O médico vem daqui a cinco minutos...

Eve continua segurando o braço de Pierre. Sorri ironicamente.

— Pobre André, desculpe-me. Além de eu não estar morta, sinto-me completamente bem.

André reage como se entendesse e, por sua vez, também sorri:

— É, estou vendo.

Ele entra no quarto, coloca o chapéu na poltrona e diz como se estivesse muito à vontade:

— Não vai nos apresentar?

— Não vale a pena.

André se volta para Pierre e o olha com desdém:

- Aliás, não faço questão. Você anda com gente muito estranha.

Pierre, com raiva, dá um passo em direção a André, mas Eve o retém.

- Deixe, Pierre...

Lucette entrou no momento em que Pierre se movimenta. Ela fica ainda um pouco recuada, mas do lado de André.

Entretanto, André, de mãos nos bolsos do paletó, troça:

- Ah! então é Pierre? Já o trata de você?
- Pense o que quiser, André, mas na frente de Lucette não permito.
- Você escolhe mal o momento para me ditar ordens. Você está livre para ir procurar seus... seus amigos no subúrbio, mas eu a proíbo de recebê-los sob o meu teto, e principalmente diante de Lucette.

Eve, mais uma vez, segura Pierre que ia revidar e continua suavemente:

- Você não vale nada, André.

Pierre consegue se soltar e caminha com calma até André que, apesar dos ares de valentão, recua; ele o alcança e agarra pela lapela do paletó, como se fosse agredi-lo.

OS DADOS ESTÃO LANÇADOS

Lucette dá um grito, agarrando firme no braço do cunhado:

— André!

Este se solta, batendo na mão de Pierre, que permanece plantado diante dele. No rosto contraído, André consegue mostrar um sorriso áspero:

— No nosso meio, senhor, não brigamos com qualquer um...

— Diga que está com medo, replica Pierre.

Com um movimento rápido, ele o agarra de novo pela lapela e o sacode com violência. Outra vez, Eve intervém:

— Pierre, por favor...

Pierre, a contragosto, solta André, que recua com Lucette sempre presa a ele.

Eve estende a mão para a irmã e puxa-a:

— Venha, Lucette...

Mas Lucette encosta-se mais em André e recua gritando:

— Não me toque.

Eve para; deixa cair o braço sem força.

— Está bem...

Em seguida, com a feição endurecida, ela se vira para Pierre:

— Quer que eu vá com você? Então, vamos, não tenho mais nada a fazer aqui.

Com um movimento, rápido, ela apanha correndo o casaco, a bolsa e volta para Pierre, dá-lhe o braço, lançando um último olhar a Lucette, que se esconde atrás de André.

Este, com seu braço protetor envolve os ombros da moça e diz, irônico e triunfante:

— Belo exemplo para sua irmã.

Eve puxa Pierre e eles saem...

O PRÉDIO DOS CHARLIER

A uns 20 metros do prédio, encostado a uma árvore, Paulo fuma um cigarro vigiando a entrada do edifício. Perto dele, sua bicicleta está apoiada a uma árvore.

De repente, Paulo se levanta e olha; depois ele contorna a árvore atrás da qual está se escondendo:

Eve e Pierre acabam de sair do prédio e se afastam apressados...

Paulo os segue com o olhar por um momento e depois, sem pressa, pega a bicicleta e vai, a pé, seguindo o casal.

OS DADOS ESTÃO LANÇADOS

Ao lado de Pierre, Eve anda decidida, mas triste. Segura o braço de Pierre sem olhá-lo.

Pierre a observa em silêncio e vê lágrimas em seus olhos.

Ele aperta a mão dela e diz com ternura:

— Eve, não fique triste...

Essas simples palavras fazem brotar as lágrimas de Eve.

Ela para de andar e chora, o rosto entre as mãos.

Pierre abraça-a:

— Eve!...

Ela chora encostada ao seu ombro, e Pierre, muito comovido, acaricia-lhe os cabelos.

— Está pensando em sua irmã? pergunta. E, como ela não responde, insiste:

— Você quer ir lá buscá-la?

Ela diz "não" com a cabeça. Pierre se decide a perguntar:

— Tem certeza de que não está arrependida?

Ela levanta a cabeça com os olhos cheios de lágrimas. Faz um esforço para sorrir e diz com carinho:

— Arrependida como, Pierre? Agora é que vamos começar...

Ela retoma seu braço.

Continuam a caminhar. Eve se apoia em Pierre que olha firme para a frente. Subitamente, num tom duro, ele pergunta:

— Você amou esse homem?

— Nunca, Pierre.

— Mas casou com ele.

— Eu o admirava...

— Ele?

— Eu era ainda mais nova que minha irmã, explica Eve com simplicidade.

Pierre se tranquiliza um pouco, mas acrescenta com ar preocupado:

— Eve, vai ser difícil...

— Difícil o quê?

— Nós dois, vai ser difícil.

Ela o obriga a parar e é ela, desta vez, que lhe segura o braço.

— Não, Pierre. Não, se nós tivermos confiança, como antes.

Ele desvia a cabeça. Mas ela o força a olhá-la de frente.

— Antes, era antes, ele replica.

OS DADOS ESTÃO LANÇADOS

— Pierre! Pierre! É preciso ter confiança.

Ela sorri e, mudando de tom, acrescenta:

— Vamos começar tudo de novo... Venha comigo...

Sem opor resistência, ele se deixa levar...

O PARQUE

De mãos dadas, Pierre e Eve seguem agora pela alameda na qual se encontraram perto do cego.

Ouvem o toque de flauta que se aproxima. Contudo há outro refrão em lugar da velha melodia que o mendigo tocava da primeira vez.

Eve dá mostras de alegria, forçando talvez um pouco para animar o companheiro.

— Está ouvindo? pergunta ela.

— É o cego, responde Pierre.

— Pobre velho... Chegamos a ter inveja dele...

Ela ri, mas Pierre lamenta:

— Não é a mesma música...

Na curva da alameda, avistam o cego.

Eve pegou uma nota na bolsa e se inclina para o músico:

— Por favor, o senhor quer tocar "Fecha teus lindos olhos"?

O cego parou de tocar, e Eve põe a nota na mão dele. O velho apalpa a nota e agradece.

— Boa sorte para vocês.

Depois começa a tocar a música pedida...

Eve sorri para Pierre e pega-lhe de novo o braço.

— Agora, diz ela, tudo está igual.

Retomam lentamente o passeio.

Pierre, calmo, também sorri e constata:

— Continua tocando desafinado...

— Continua fazendo sol.

— E estão de novo ali aqueles dois... acrescenta Pierre.

Repete-se diante de seus olhos a pequena cena a que eles já haviam assistido.

O carro para no acostamento; a mulher elegante desce com o *poodle*. O operário passa por ela, carregando um cano de aço no ombro.

Como da primeira vez, eles não se dão a mínima atenção, e cada um vai para o seu lado.

Após ter passado por Pierre e pela companheira, o operário se volta e vê Eve. Ela percebe esse olhar e Pierre observa:

OS DADOS ESTÃO LANÇADOS

— Eles ainda não se viram. Tudo igual.

Eve corrige sorrindo:

— Só que desta vez ele me viu...

Surpreso, Pierre se vira. No mesmo instante, confuso por ter sido surpreendido, o operário continua seu caminho... Pierre acha graça e também sorri.

— É verdade... diz ele. E desta vez estou segurando seu braço de verdade com meu braço de verdade.

À medida que Pierre e Eve avançam na alameda, a música da flauta desaparece e dá lugar à música de dança do salão de chá.

Andam ainda alguns metros e param diante do salão cuja decoração e personagens não mudaram.

A mesma amazona excêntrica amarra o cavalo na cerca e se dirige para o grupo de esnobes que Eve conhece.

— Vamos sentar, diz Pierre.

Eve hesita um pouco, observando essas pessoas suas conhecidas.

Pierre percebe a hesitação e indaga:

— O que você tem?

Mas Eve já se dominou.

— Nada, garante ela.

E, para desmanchar a impressão, pega Pierre pela mão e o conduz por entre as mesas.

Antes que cheguem perto dos esnobes, a amazona excêntrica encontra os amigos e ouve-se, como da primeira vez, um dos cavaleiros propor:

— Sente-se, minha cara.

Enquanto a moça declara no mesmo tom afetado:

— O bosque estava um encanto esta manhã!

Quando Eve e Pierre passam diante do grupo sentado, um dos cavaleiros esboça o gesto de se levantar para cumprimentar Eve. Mas esta passa rapidamente, mostrando a intenção de não parar, e lança um rápido "bom-dia".

— Bom dia, Eve, responde a amazona.

Ao passar, Pierre cumprimenta com leve inclinação da cabeça.

O grupo elegante os segue com espanto.

— Quem é?

— É Eve Charlier, ora.

— Eve Charlier? Mas o que ela está fazendo com esse sujeito?

— Bem que eu queria saber, responde a amazona.

OS DADOS ESTÃO LANÇADOS

Pierre e Eve se aproximam da mesa na qual haviam estado antes. Mas o lugar está ocupado pelos dois namorados.

Ao chegar perto destes, Eve se detém por um instante, depois inclina a cabeça para eles e sorri, como se esperasse que os jovens os reconhecessem. Pierre faz o mesmo gesto para mostrar sua simpatia.

Mas os jovens olham sem entender e não respondem ao cumprimento...

Sem insistir, Eve e Pierre voltam atrás e vão se sentar em outra mesa defronte dos namorados.

Dali, continuam a observá-los, sorridentes.

Os jovens, interrompidos no seu idílio, estão acanhados e tentam reatar o fio da conversa.

Enquanto isso, a garçonete se aproximou e indaga:

— O que a senhora deseja?
— Um chá.
— E o senhor?

Pierre hesita, se atrapalha:

— Ah... a mesma coisa...
— China ou Ceilão? pergunta ainda a garçonete, dirigindo-se sempre a Pierre.

Ele olha para ela aturdido.

— O que foi?

Eve intervém depressa e pede:

— Ceilão para os dois.

Pierre olha a garçonete se afastar e ri ligeiramente encolhendo os ombros, como se estivesse diante de algo insólito.

Eve e Pierre concentram a atenção nos jovens namorados.

Esses se olham com enlevo.

O moço pega a mão da moça, beija-a com carinho, contempla-a como se se tratasse de uma joia. Eles suspiram.

Pierre e Eve sorriem, com certa superioridade.

Contudo, ela lhe estende a mão aberta para que ele ponha a sua em cima.

Amável, Pierre lhe dá a mão. Curiosa e comovida, Eve segura a mão dele na sua e a examina.

— Gosto muito de suas mãos.

Pierre encolhe ligeiramente os ombros.

Eve passa lentamente a ponta do dedo sobre uma cicatriz:

— O que é isso?

— Um acidente quando eu tinha 14 anos.

— O que você fazia?

OS DADOS ESTÃO LANÇADOS

— Eu era aprendiz. E você?
— Aos 14 anos? Eu ia ao ginásio...
Bruscamente, Pierre retira a mão avisando:
— Seus amigos estão olhando.

É claro que o pequeno grupo de esnobes troça da atitude de Eve e Pierre. Um dos cavaleiros e uma das mulheres se dão as mãos, com ar apaixonado, enquanto os outros soltam risos abafados.

Eve olha para eles de rosto fechado. Desgostosa, diz:
— Não são meus amigos.

Ostensivamente, torna a pegar a mão de Pierre.

Pierre sorri e, com ternura, beija-lhe amorosamente os dedos.

Mas, no momento em que ia repetir o gesto, sente pesar sobre si o olhar dos jovens namorados. Para, constrangido e furioso.

Ao mesmo tempo que ele, Eve percebe o olhar dos jovens e retira a mão.

Pierre não entende. Com um sinal de cabeça, Eve mostra os namorados que, constrangidos também, mudam de lugar e vão se sentar à outra mesa onde só podem ser vistos de costas.

Eve observa:

- Eu os achava mais bonitos...
- Nós éramos menos exigentes... replica Pierre.
- Agora estamos atrapalhando os dois.
- Ou serão os seus amigos que atrapalham você?
- O que é que você quer dizer?
- Bem... Eles não estão acostumados a ver você com um homem como eu.
- Pouco estou ligando para o que eles possam pensar.
- Será que no fundo você não tem um pouquinho de vergonha de mim? ele insiste.
- Pierre! Você é que deveria ter vergonha.

Conformado, Pierre encolhe os ombros. Ela olha para ele, depois para os esnobes, e diz de repente a Pierre levantando-se:

- Vamos dançar.
- A esta hora? replica Pierre sem se mexer da cadeira. Mas ninguém está dançando.
- Venha, faço questão.
- Mas por quê? pergunta Pierre levantando-se contra vontade.
- Porque tenho orgulho de você.

OS DADOS ESTÃO LANÇADOS

Ela o conduz e passam ao lado da mesa ocupada pelos esnobes. Eve os desafia com o olhar, enquanto Pierre está sem jeito.

Os outros olham para a pista onde eles começam a dançar.

De repente um dos homens, fazendo chacota, levanta a gola do paletó e imita uma dança popular. Os risos estalam insultantes.

Um outro cavaleiro se levanta e vai em direção da orquestra. Enquanto isso, Eve e Pierre dançam.

— Lembra? diz ela. Eu teria dado a alma para voltar à terra e dançar com você...

— E eu a minha, responde ele, para enlaçar sua cintura e sentir sua respiração...

Eles trocam um breve beijo nos lábios. Depois Eve encosta o rosto no de Pierre e murmura:

— Abrace-me com força, Pierre. Com força, para que eu possa sentir seus braços...

— Não quero machucar você...

Dançam ainda um instante, esquecidos de tudo.

Mas, bruscamente, a música muda para uma valsinha bem vulgar.

Eles param de dançar e olham na direção dos esnobes.

O cavaleiro, vindo da orquestra, junta-se aos amigos entre os risos abafados.

Pierre se afasta de Eve, seguido pelo olhar preocupado da companheira.

Com toda a calma, Pierre vai até à mesa dos esnobes. Dirige-se ao cavaleiro que mudou o disco, inclinando-se para ele:

— O senhor não poderia pedir a opinião de quem está dançando, antes de mudar o disco?

O outro afeta surpresa:

— O senhor não gosta de música popular?

— E o senhor, retruca Pierre, gosta de levar umas bofetadas?

O cavaleiro, como se Pierre não existisse, dirige-se a uma das mulheres que o cercam:

— A senhora me concede esta contradança? pergunta com ironia.

Pierre o agarra pela aba do paletó:

— Olhe aqui, estou falando com o senhor...

— Mas eu não estou, replica o homem.

Eve se aproximou rapidamente e se interpõe entre os dois.

— Pierre, por favor...

Pierre afasta a moça com a mão:

OS DADOS ESTÃO LANÇADOS

— Oh! tudo bem...

Mas outra mão acaba de encostar em seu ombro. Ele se volta rápido, solta o adversário e se vê diante de um elegante miliciano que o interpela ríspido:

— Eh, você aí? Onde pensa que está? Não pode deixar esses senhores em paz?

Pierre bate na mão do miliciano pousada no seu ombro:

— Não gosto que encostem em mim. E muito menos você.

O miliciano, fora de si, berra:

— Está querendo ir preso?

Ele levanta o punho, mas, no momento em que vai bater, Eve se interpõe entre os dois com um grito:

— Pare!

E, aproveitando a hesitação do miliciano, ela prossegue severamente:

— O senhor não sabe que o Regente proíbe que os membros da milícia se envolvam em distúrbios?

O miliciano fica meio desconcertado.

Eve se aproveita disso, mexe na bolsa, tira um cartão e o mostra ao miliciano.

— Charlier, não conhece? André Charlier, Secretário da Milícia? É meu marido.

Pierre olha Eve com uma espécie de horror.

O miliciano, petrificado, balbucia:

— A senhora... me desculpe...

— Tudo bem, responde Eve mandando-o embora com um gesto autoritário. E agora suma, se o senhor não quiser ter problemas.

O miliciano cumprimenta, se inclina e sai a passos largos. Ao mesmo tempo, Pierre se vira bruscamente e se afasta na direção oposta.

Eve, ao se voltar, se dá conta dessa brusca saída.

Ela chama:

— Pierre!

Pierre continua sem virar a cabeça.

Após um momento de hesitação, Eve enfrenta o grupo de esnobes e diz com violência:

— Pobres imbecis! Estão contentes agora? Pois bem, vou dar uma novidade ao gosto de vocês: podem contar para quem quiser ouvir que vou me separar do meu marido, que tenho um amante e que é um trabalhador braçal.

Em seguida, deixando os esnobes boquiabertos, ela vai à procura de Pierre.

OS DADOS ESTÃO LANÇADOS

Sai precipitadamente do estabelecimento, procura orientar-se e depois se põe a correr ao longo da alameda.

Logo alcança Pierre, que prossegue o caminho, nervoso. Ela tenta acompanhar-lhe o passo. Por um momento caminham lado a lado. Pierre não olha para ela.

Enfim, ela pergunta:

– Pierre?...

– Secretário da Milícia! diz Pierre.

– Não tenho culpa.

– Nem eu...

Em seguida, cheio de amargura, acrescenta:

– A mulher para quem eu fui feito!

Anda mais devagar, mas continua sem olhar para Eve que diz:

– Eu disse para todos que vou viver com você. Estamos juntos, Pierre.

Ele para de repente, encara Eve pela primeira vez e exclama:

– Juntos? O que é que temos em comum?

Ela coloca a mão no braço dele e diz carinhosa:

– Temos em comum o amor.

Pierre faz um gesto triste.

— É um amor impossível.

Dá uns passos em direção a um banco, depois se volta.

— Sabe o que eu faço há anos?... Luto contra você.

Senta-se. Eve ainda não compreendeu:

— Contra mim?

Enquanto ela se senta perto dele, séria, mas sem surpresa, ele explica:

— Contra o Regente e sua milícia. Contra seu marido e contra seus amigos. Você está ligada a eles, não a mim.

Em seguida, pergunta:

— Você conhece a Liga?
— A Liga pela liberdade? pergunta ela olhando Pierre um pouco temerosa como se descobrisse um outro homem, mas que não a assusta.
— Fui eu que fundei a Liga.

Eve vira a cabeça e murmura:

— Eu detesto a violência...
— A nossa, mas não a deles.
— Nunca me meti com essas coisas, afirma ela.

— É justamente isso que nos separa. Foram seus amigos que me mataram. E, se eu não tivesse tido a sorte de voltar à terra, amanhã eles massacrariam os meus homens.

Tomando-lhe a mão, ela corrige com suavidade:

— Foi porque você me encontrou que você voltou.

Pouco a pouco o tom de Pierre se normaliza:

— É claro, Eve, é verdade... Mas eu odeio aqueles que a cercam.

— Eu não os escolhi.

— Mas isso influi em você.

— Tenha confiança em mim, Pierre. Não temos tempo para duvidar um do outro...

Nesse momento uma folha seca cai entre eles, quase no rosto.

Eve solta uma exclamação e faz um gesto para afastá-la. Pierre sorri.

— É uma folha.

— É tolice... pensei...

— O quê?

Em voz baixa, um pouco trêmula, ela confessa:

— Pensei que fossem eles...

Pierre a olha admirado, depois compreende.

- É verdade... Eles devem estar por aí. O velho com o chapéu de três bicos e os outros... Assistindo ao espetáculo, como na casa do Regente. Devem estar se divertindo conosco.

Enquanto ele fala olhando automaticamente em torno de si, Eve apanha a folha e a contempla:

- Nem todos... Há pelo menos um que está contando conosco: aquele que pediu que cuidássemos da filha dele.
- Ah, sim... diz Pierre indiferente.
- Nós prometemos, Pierre. Venha, diz ela se levantando.

Pierre não se mexe.

Eve estende a mão a Pierre com um sorriso encorajador.

- Ajude-me, Pierre. Ao menos não teremos voltado à toa.

Ele se levanta, retribui o sorriso, depois num ímpeto cinge-lhe os ombros e constata:

- Não foi por causa dos outros que nós voltamos...

Eve ergue a folha entre os seus rostos.

- Vamos começar pelo mais fácil, sugere ela com ternura.

Saem de braços dados.

OS DADOS ESTÃO LANÇADOS

UMA RUA DA PERIFERIA

Uma rua miserável, com prédios de fachadas cinzentas.

Pierre e Eve atravessam a rua, sob o olhar de algumas pessoas pobres e de garotos piolhentos.

A moça olha em torno de si pouco à vontade.

Com um gesto nervoso, pega no casaco de pele. Percebe-se que está constrangida.

A rua está cheia de lixo e de latas vazias por entre poças d' água estagnada.

Uma velha coberta de trapos enche na fonte dois jarros de água que ela carrega com passos miúdos, curvada sob o peso.

Garotos sujos e maltrapilhos brincam na sarjeta.

Eve se encosta mais em Pierre.

Enfim, perto de um grupo de mulheres muito malvestidas, em fila à porta de uma mercearia sórdida, Pierre procura os números das casas e para.

— É ali, diz ele.

A casa é ainda mais pobre do que as outras.

A fila se estende pelo passeio e barra a entrada da casa.

Eve é o alvo de todos os olhares.

Está cada vez mais constrangida.

Pierre abre-lhe com delicadeza uma passagem:

– Com licença, minhas senhoras...

Em seguida, ele faz Eve passar adiante e entram na casa.

A ESCADA DA CASA DA RUA STANISLAS

Pierre e Eve sobem uma escada poeirenta com degraus desiguais. As paredes estão descascadas.

Sobem dois andares.

Eve se enche de coragem, enquanto Pierre observa suas reações.

Passam por um homem muito velho, de rosto cavado pelas privações e pela doença, que desce degrau por degrau, tossindo.

Eve se afasta para deixá-lo passar.

Em seguida, Pierre chega até ela, segura-a pelo braço e a ajuda a subir os degraus.

Ela sorri decidida.

À medida que sobem, o som de uma música de rádio fica mais nítido.

Eles chegam ao terceiro andar.

OS DADOS ESTÃO LANÇADOS

É de uma das portas desse andar que se ouve o rádio.

Uma menina está sentada no último degrau.

Ela está bem encostada ao corrimão.

É magra e com a roupa em farrapos.

Em algum lugar, um cano de esgoto rebentado deixa escorrer ao longo dos degraus um líquido fedorento.

A menina não liga.

Apenas se encosta um pouco mais no corrimão.

– Deve ser essa a menina, pensa Pierre.

Com o coração apertado, Eve se inclina para a criança que a olha intensamente, e pergunta com meiguice:

– Como você se chama?

– Marie.

– Marie de quê?

– Marie Astruc.

Ao ouvir o nome, Pierre e Eve trocam um rápido olhar; em seguida, ele se inclina para a menina e pergunta:

– Sua mãe está?

A pequena olha para trás, para uma das portas. Pierre se dirige para a porta, mas a criança, que segue com o olhar, avisa:

— Não pode entrar. Ela está com o tio Georges.

Pierre, que ia bater, se detém, olha Eve que acaricia os cabelos da menina e decide bater à porta, bem de leve.

Mas, como lá dentro tudo está quieto e continua a barulheira do rádio, ele bate mais forte com o punho.

Eve, que não parou de acariciar a menina, pergunta:

— O que é que você está fazendo?

A criança não responde, preocupada com Pierre, que continua a bater à porta.

Enfim, de dentro, ouve-se uma voz de homem:

— O que é?

— Abra, ora bolas!

— Está bem, está bem, responde a voz... Calma.

O rádio se cala bruscamente. Através do muro, Pierre ouve um barulho de cama.

A menina se levantou. Eve a toma pela mão com doçura.

O QUARTO DA RUA STANISLAS

Enfim, a porta se abre.

OS DADOS ESTÃO LANÇADOS

Aparece um homem em mangas de camisa. Está abotoando as calças.

Olhando Pierre, de cenho fechado, maus modos, ele pergunta:

— Escute, está querendo pôr a porta abaixo?

Sem responder, Pierre entra no quarto seguido por Eve que continua segurando a menina pela mão.

Espantado, mas sem ação, o homem os deixa passar.

Pierre e Eve entram no quarto que cheira à miséria.

Perto da parede, uma cama de ferro desarrumada. Ao pé da cama, uma caminha de criança.

Num canto, um fogão a gás e uma pia. Sobre a mesa, há pratos sujos, uma garrafa de vinho quase vazia e copos usados.

A mulher do morto, sentada na cama, acaba de fechar o penhoar imundo, feito de tecido leve.

Ela está ao mesmo tempo desconcertada e arrogante.

Pierre pergunta:

— A senhora é a Senhora Astruc?

— Sou eu.

— É sua filha? indaga por sua vez Eve, mostrando a criança.

O homem, depois de ter fechado a porta, vem se plantar no centro do quarto, ao lado da mulher. É ele que responde:

— Isso é da sua conta?
— Pode ser, replica Pierre secamente; depois, dirigindo-se de novo à mulher, torna a perguntar:
— Queremos saber se é sua filha.
— É. E daí?
— O que ela estava fazendo na escada? pergunta Eve.
— Olhe, moça... Não estou lhe perguntando quem é que pagou suas peles de raposa. Mas, quando a gente só tem um cômodo, é forçado a deixar a criançada do lado de fora, de vez em quando...
— Tanto melhor, replica Eve, se ela atrapalha, viemos buscá-la. Somos amigos do pai dela.

A essas palavras, a menina levanta o rosto radiante para Eve.

— Buscar o quê? pergunta a mulher consternada.
— A menina, confirma Eve.

O homem dá um passo, com o braço apontado para a porta:

— Vocês vão dar o fora já.

OS DADOS ESTÃO LANÇADOS

Mas Pierre se vira rápido para o homem e aconselha:

— Seja educado, meu caro. Vamos sim, mas com a menina.

— Com a menina? repete a mulher. Os senhores têm documentos?

Eve procura na bolsa. Dá um passo até a mesa sobre a qual coloca uma porção de notas.

— Essas aí, diz ela, chegam?

O homem e a mulher ficam por um instante mudos de surpresa, hipnotizados pelo maço de dinheiro — sobretudo a mulher. Até a menina se aproxima da mesa.

O homem é o primeiro a reagir.

Com um gesto bruto, ele ordena à criança:

— Venha aqui, já.

A criança se afasta, corre para se proteger nas pernas de Pierre, que logo a pega ao colo.

Neste ínterim, a mulher apanha o dinheiro, dizendo:

— Deixa, Georges. Isso é coisa para a polícia.

— É mesmo, ironiza Pierre. Chamem os tiras...

Em seguida, acrescenta para o homem que guarda o maço de notas.

— Não perca nenhuma. Podem servir de prova quando você for dar queixa.

Nessa altura, faz sinal para Eve, e os dois saem levando a criança.

UMA BELA CASA NO SUBÚRBIO DA CIDADE

À entrada de um jardim de subúrbio, Pierre e Eve se voltam antes de sair e, sorrindo, comovidos acenam um gesto de adeus.

Eve repete mais uma vez:

— Adeus, Marie...

Lá no fundo do jardim bem-tratado, no patamar da escada da casa, uma forte e bondosa senhora segura pela mão a pequena Marie, que evidentemente acaba de tomar banho.

A menina está embrulhada numa grande toalha felpuda.

Os cabelos lavados estão presos com uma fita. Ela solta a mão da senhora para, alegremente, fazer um gesto de despedida.

— Adeus.

Com o gesto, a toalha cai e a menina fica completamente nua.

OS DADOS ESTÃO LANÇADOS

Rindo, a bondosa senhora apanha a toalha e cobre os ombros da criança com um gesto afetuoso.

Eve e Pierre riem e se olham:

— Ao menos isso nós conseguimos, conclui Eve.

Ela pensa um segundo e acrescenta:

— Pierre, se tudo der certo, nós ficaremos com ela.

— Tudo vai dar certo, garante Pierre.

Ele a toma pelo braço para levá-la até um táxi estacionado diante da porta. O motorista liga o motor ao vê-los se aproximando.

Mas Eve detém por um instante o companheiro e se dirige ao espaço que os cerca:

— Se você estiver aí, deve estar contente: sua filhinha está em boas mãos...

Percebem, então, o espantado e até inquieto olhar do motorista; trocam um olhar divertido e sobem no táxi.

O motorista engata a marcha, e o táxi começa a andar...

JEAN-PAUL SARTRE

UMA RUA E A CASA DE PIERRE

O táxi para diante da casa onde Pierre mora, numa rua modesta, mas limpa.

Eve e Pierre descem.

Enquanto ele paga a corrida, a moça examina o prédio.

Depois de despachar o motorista, Pierre surpreende a amiga nesse exame.

Ele explica:

— Fica no terceiro. A segunda janela a partir da esquerda.

Ela se vira para Pierre enquanto ele lhe estende timidamente uma chave:

— Está aqui a chave.

Ela o examina, surpresa.

— Você não vem? Constrangido, ele explica:
— Eve, eu preciso encontrar meus amigos. Quando eu estava... do outro lado, soube de certas coisas. Nós fomos traídos... Preciso ir avisá-los...
— Já?
— Amanhã será tarde demais.
— Fique à vontade.

— Eu tenho de ir, Eve...

Ele fica um pouco em silêncio, depois acrescenta com um sorriso acanhado:

— ... Aliás, prefiro que você suba sozinha...

— Por quê?

— Não é bonito como a sua casa, sabe...

Eve sorri, chega-se espontânea a ele, abraça-o e, alegre, pergunta:

— No terceiro?

— A porta à esquerda, confirma ele já sossegado.

Ela se dirige para a casa, volta-se da soleira; Pierre está parado e a observa. Tímido, pede:

— Quando você chegar lá, dê-me adeus da janela...

Alegre, ela faz um sim com o olhar e entra no prédio...

O QUARTO DE PIERRE

Eve entra no quarto, fecha a porta e dá uma olhada a sua volta. Vê um quarto simples, mas limpo, em perfeita ordem e com relativo conforto.

Atrás de uma cortina, há um pequeno banheiro, ao lado do qual está a porta que dá para uma cozinha grande como um lenço de bolso.

Eve se comove ao ver o lugar onde vai viver, mas logo se domina.

Vai até a janela e abre as venezianas...

A RUA E A CASA DE PIERRE

Em frente da casa, no outro passeio, Pierre vai e volta nervoso.

Eve aparece na janela e diz alegremente:

— Está tudo bem, Pierre.

Ele sorri, menos tenso:

— É mesmo?

— Muito bem, confirma ela.

Então, ele faz um gesto com a mão e grita:

— Até já.

E se afasta rapidamente.

OS DADOS ESTÃO LANÇADOS

O QUARTO DE PIERRE

Durante alguns segundos, Eve segue Pierre que se afasta e depois volta-se para o quarto.

Sua alegria desaparece.

Dá alguns passos, larga a bolsa, desanimada.

De repente, vê um porta-retratos bem em destaque sobre uma cômoda.

É o retrato de uma senhora muito simples, de cabelos brancos: a mãe de Pierre.

Ao lado da moldura, há um vasinho com um buquê de flores bem murchas.

Eve se aproxima do retrato e emocionada o contempla longamente.

Retira do vaso as flores ressecadas. Depois, toma coragem e se afasta, tirando o casaco de pele.

A RUA DOS CONSPIRADORES

Pierre chega defronte da porta da casa onde se realizam as reuniões.

Depois de observar rapidamente as imediações, ele entra.

A ESCADA DOS CONSPIRADORES

Pierre sobe rapidamente a escada.

Diante da porta do quarto, ele bate de acordo com a senha convencionada e espera.

E, como nada acontece, ele bate de novo, gritando através da porta:

– É Dumaine...

O QUARTO DOS CONSPIRADORES

A porta se abre. Quem acaba de abrir é o operário que, na estrada, no momento da "ressurreição" de Pierre, tinha sugerido a Paulo que o seguisse. Seu olhar não é franco, e ele se afasta para deixar entrar o recém-chegado.

Pierre entra, um pouco ofegante, lançando um apressado:

– Boa noite...

Em seguida, atravessa a sala e se aproxima dos camaradas. Lá estão Poulain, Dixonne, Langlois e Renaudel, sentados ao redor da mesa.

Apoiado na lareira, atrás deles, Paulo está de pé.

OS DADOS ESTÃO LANÇADOS

O operário, depois de ter fechado a porta, segue lentamente Pierre.

Todos estão sérios e tensos, mas Pierre não percebe de imediato os olhares duros e desconfiados.

— Boa noite, rapazes, diz ele com voz agitada. Temos novidades... Amanhã não vamos fazer nada. Não vai haver insurreição.

Os outros recebem a notícia sem reagir.

Só Dixonne diz simplesmente:

— É?...

Poulain abaixa a cabeça e bebe o copo de vinho em pequenos goles. Paulo, sem olhar para Pierre, deixa a lareira e se dirige para a janela.

Pierre fica embaraçado.

Começa a perceber que os camaradas o olham de modo esquisito.

Ele se manifesta:

— Vocês estão com umas caras!

Tenta sorrir, mas só encontra rostos fechados, rígidos, e seu sorriso desaparece.

Ele continua a falar pouco à vontade:

— Fomos descobertos. Eles sabem de tudo. O Regente mandou pedir um reforço de dois regimentos e uma brigada da milícia.

Com frieza, Dixonne constata:
- Interessante. Mas como é que você ficou sabendo disso tudo?

Pierre se senta numa cadeira e balbucia:
- Eu... não posso dizer...

Por sua vez, Langlois toma a palavra:
- Não seria Charlier, por acaso?

Pierre tem um sobressalto:
- Quem?
- Você estava em casa dele hoje de manhã. Passeou o dia inteiro com a mulher dele.
- Oh! deixem-me... exclama Pierre. Ela não tem nada a ver com isto.

Áspero, Renaudel declara:
- Será que temos o direito de saber o que você andou fazendo com a mulher do Secretário da Milícia, na véspera de um dia como esse?

Pierre se levanta e olha um por um.
- Eve é minha mulher.

Com um risinho seco, Dixonne se levanta. Os outros, incrédulos, encaram Pierre. Irritado com o riso de Dixonne, Pierre se levanta, furioso:
- Puxa, não é hora para piadas. Estou dizendo que fomos descobertos. Se fizermos alguma

coisa amanhã, será o massacre e a Liga será liquidada. E vocês vêm me falar da mulher de Charlier?

Dando de ombros, ele enfia as mãos nos bolsos.

Enquanto ele falava, Dixonne silenciosamente deu a volta na mesa. Vem encarar Pierre bem de frente:

— Escute, Dumaine, hoje de manhã você estava decidido: é para amanhã. Você nos deixa. Um desconhecido lhe dá um tiro. Mas até parece que foi com arma de festim. Epa!...

Pierre tira as mãos dos bolsos e escuta, de dentes cerrados, pálido de raiva.

— Você se levanta, prossegue Dixonne. Recusa terminantemente que Paulo o acompanhe e corre para a casa de Charlier. Agora, você vem com essa historiada... Como é que a gente pode acreditar?

— Ah! então é isso... exclama Pierre. Trabalhei cinco anos com vocês. A Liga, fui eu que fundei...

Renaudel se levanta da mesa e o interrompe secamente.

— Está bem. Não precisa contar a sua vida. Diga o que você estava fazendo na casa de Charlier.

Poulain se levanta por sua vez:

— E por que estava no salão de chá do parque?

Langlois, o mais tímido, levanta-se também e diz em tom de leve censura:

— Você foi roubar a menina de um sujeito da rua Stanislas...

— Você o ameaçou com a polícia, reforça Dixonne, atirando-lhe notas de mil na cara. Como você explica tudo isso? Estamos ouvindo.

Pierre olha para cada um. Estonteado com tantas acusações, sente-se incapaz de convencê-los:

— Eu não posso explicar. Estou dizendo para não fazerem nada amanhã e é só.

— Você não quer responder? insiste Dixonne.

— Estou dizendo que não posso, droga, explode Pierre. E, mesmo que eu não quisesse, sou ou não sou o chefe de vocês?

Depois de consultar os companheiros com o olhar, Dixonne profere:

— Já não é mais, Dumaine.

Com um sorriso de desprezo, Pierre zomba:

— Contente de me dizer isso, hein, Dixonne? Conseguiu, enfim, o meu lugar...

E, tomado de súbita cólera, ele se põe a gritar:

— Mas, vocês são uns idiotas! Então, acham que eu ia entregar a Liga?

Furioso, olha para cada um.

— Não é possível, vocês me conhecem... Ora, vamos, Paulo...

Paulo abaixou a cabeça e se põe a andar pela sala, como não parou durante toda a cena.

— Ah! Todo o mundo, então? continua Pierre. Pensem o que quiserem... Mas estou avisando, que, se fizerem algum movimento amanhã, vai ser um massacre e os responsáveis serão vocês.

Dixonne o interrompe com frieza, sem raiva.

— Chega, Dumaine. Agora dê o fora.

Um após o outro viram as costas a Dumaine, mas Renaudel ainda acrescenta:

— E, se tivermos qualquer problema amanhã, saberemos onde encontrar você.

Agora, afastam-se dele e vão se reunir perto da janela. Pierre fica sozinho no meio da sala...

— Está bem... diz, por fim. Se vocês querem mesmo se arrebentar amanhã, não posso fazer mais nada.

Dirige-se para a porta, mas, antes de sair, volta-se para os companheiros:

— Escutem, rapazes...

Mas os cinco amigos viram-lhe as costas. Uns olham para a rua, outros para o ar.

Então, ele sai furioso batendo a porta...

O QUARTO DE PIERRE

Eve está arrumando um buquê de rosas num vaso.

Batidas na porta a interrompem.

Ela vai abrir, e Pierre entra muito sério. Eve sorri. Ele faz um esforço para sorrir também. Depois olha o quarto e franze de novo as sobrancelhas. Está num outro quarto.

Eve não trouxe apenas flores; cortinas guarnecem as janelas; a copa do abajur é nova; a mesa está recoberta por uma linda toalha. A luz está acesa embora não tenha anoitecido de todo.

Eve observa-o, examinando suas reações. Pierre, atônito, murmura:

— O que é que você fez?

Aproxima-se da mesa, toca com o dedo numa das rosas postas no vaso, dá-lhe um piparote irritado.

Vai até a janela, apalpa as cortinas.

OS DADOS ESTÃO LANÇADOS

Seu rosto se entristece, ele se volta e diz:

— Não quero me aproveitar de seu dinheiro.

Decepcionada, Eve responde:

— Pierre! É meu quarto também...

— Eu sei...

Aborrecido, ele olha para fora, martelando a vidraça. Eve se aproxima e interroga:

— Encontrou os seus amigos?

Triste e sem se virar, ele responde:

— Não tenho mais amigos. Eles me mandaram embora, Eve.

— Por quê?

— Devíamos atacar o Regente, amanhã. Era um golpe importante. Fui avisar que estão nos armando uma cilada e que todos devem ficar quietos. Pensam que sou um traidor.

Eve o escuta calada.

Pierre acrescenta com um risinho seco:

— Eles me viram com você e conhecem seu marido, entende?

Nesse momento, batem à porta...

Pierre se volta bruscamente. Fica tenso como se pressentisse um perigo.

155

Após breve hesitação, ele apaga a luz, abre a gaveta da cômoda, tira um revólver e o ajeita no bolso do paletó. Depois vai até a porta, afasta Eve que se havia aproximado e diz em voz baixa:

— Não fique diante da porta...

Quando a moça se põe de lado, ele abre bruscamente a porta. Dá com Paulo.

— Ah! é você? O que está querendo?

Paulo não responde imediatamente.

Está sem fôlego e parece muito emocionado.

— O que veio fazer na casa de um delator? pergunta áspero, Pierre.

E, como Paulo continua calado, ele se enfurece:

— Então, o que há, vai falar?

— Vá embora, Pierre. Fuja. Eles estão chegando. Querem liquidar com você.

— Você acha que eu entreguei vocês?

— Não sei, responde Paulo, mas vá embora, Pierre. É preciso que você fuja.

Pierre permanece um segundo pensativo, depois diz:

— Adeus, Paulo... E obrigado apesar de tudo.

Fecha a porta e volta até o móvel de onde pegou o revólver. Eve está ali, encostada na parede. Anoitece e, na penumbra, eles mal se veem.

- Vá embora, Eve, aconselha Pierre. Escutou? Você não pode ficar aqui.

Ela se põe a rir.

- E você? Vai embora?
- Não, diz ele guardando o revólver na gaveta.
- Meu querido Pierre. Então, eu também fico.
- Você não deve.
- Aonde você quer que eu vá?
- Lucette? sugere Pierre.

Ela encolhe os ombros e se aproxima lentamente da mesa, declarando:

- Não tenho medo da morte, Pierre. Sei o que é. Debruça-se sobre o vaso de flores, pega uma rosa e a põe nos cabelos.
- E depois, prossegue de qualquer maneira, nós vamos morrer, não é?

Pierre se espanta:

- Por quê?
- Porque nós falhamos...

Ela se volta para Pierre e lhe toma o braço.

- Vamos, Pierre, confesse... não foi por mim que você quis voltar à vida. Foi pela insurreição... Agora que ela vai fracassar, pouco lhe importa morrer. Você sabe que estão vindo para o matar e você continua aqui.

— E você? Não foi por Lucette que você voltou à terra?

Ela encosta a cabeça no peito de Pierre e, após um breve silêncio, murmura:

— Talvez...

Ele a aperta nos braços.

— Perdemos, Eve. Agora, só nos resta esperar...

Em seguida, ele ergue os olhos:

— Olhe.
— O quê?
— Nós.

Só então ela vê a imagem dos dois refletida no espelho.

— É a primeira e a última vez, diz ele, que nos vemos juntos num espelho...

E, sorrindo para a imagem, acrescenta:

— ... Um par bem combinado...
— É mesmo. Você tem a altura exata para que eu encoste a cabeça no seu ombro...

De repente, ouvem-se passos na escada.

Juntos, eles viram a cabeça para a entrada.

— Chegaram, diz Pierre.

OS DADOS ESTÃO LANÇADOS

Eve e Pierre se olham intensamente...

— Aperte-me em seus braços, pede Eve.

Ele a abraça. Pierre e Eve se olham como se quisessem fixar para sempre essa imagem viva.

— Beije-me, diz Eve.

Pierre a beija. Ele afrouxa o abraço. Suas mãos percorrem o corpo da moça até os seios.

— Quando eu estava morto, diz em voz baixa, tinha tanta vontade de acariciar seus seios. Será a primeira e última vez...

— Eu tinha tanta vontade que você me estreitasse em seus braços, murmura ela.

Desta vez, batem com mais força.

Pierre abraça Eve de novo. Ele fala junto a sua boca.

— Eles vão arrebentar a fechadura. Vão atirar em nós. Mas pelo menos senti seu corpo contra o meu. Só por isso valeu a pena voltar à vida...

Eve se entrega de todo a ele. Depois, eles percebem um ruído de pés no patamar, e os passos tornam a descer a escada, diminuem e desaparecem de todo.

Pierre se ergue devagar, Eve vira a cabeça em direção à porta.

Eles se olham, sentem-se de repente confusos e embaraçados.

Eve se afasta de Pierre:

— Eles foram embora.

Ela dá alguns passos e vem se apoiar no espaldar de uma poltrona.

Pierre chega à janela para observar a rua.

— Eles vão voltar, garante ele.

Em seguida, ele se dirige para ela.

— Eve... o que foi?

Ela se volta rápida para ele:

— Não, não se aproxime.

Pierre para e fica por um instante no mesmo lugar.

Depois, aproximando-se, ele repete com mais doçura:

— Eve...

Ela o vê se aproximar, tensa, empertigada.

Lentamente, as mãos de Pierre cercam o rosto de Eve:

— Eve, restamos só nós dois... Estamos sós no mundo. Temos que nos amar. Temos que nos amar; é nossa única chance.

Eve se acalma um pouco.

OS DADOS ESTÃO LANÇADOS

Subitamente, ela se solta, atravessa o quarto seguida pelo olhar de Pierre. Ele tem um ar duro, surpreso e tenso. Sem pronunciar uma palavra, ela se senta de atravessado na cama, com o busto um pouco para trás, apoiada nas mãos. Ela se mantém rígida e espera Pierre, resoluta e aflita.

Pierre se dirige para ela, hesitando...

Chega perto da cama. Então, devagar, Eve se deita para trás, com as mãos junto à cabeça. De olhos arregalados. Pierre está com os braços afastados e se apoia nas mãos. Os braços dobram, ele se inclina mais. Mas Eve desvia ligeiramente a cabeça e ele afunda o rosto no pescoço da moça.

Ela fica imóvel. Os olhos arregalados fixam o teto manchado e o lustre barato. Ela percebe num relance a mesa com as flores, o móvel com a fotografia da mãe, o espelho e outra vez o teto.

Pierre beija-lhe os lábios brusca e quase brutalmente.

Eve fecha por um breve instante os olhos, depois os arregala fixamente.

Seu braço prendeu o antebraço de Pierre num gesto de defesa. A mão amolece, sobe até o ombro e de repente se crispa violentamente...

A voz de Eve explode num grito de triunfo e de libertação:

— Eu amo você...

Nesse momento, fora, anoiteceu...

É dia, o sol jorra pela janela.

Pierre sai do banheiro. Está em mangas de camisa e enxuga o rosto com uma toalha.

— Eles não vieram, diz ele de repente.

Eve, que acaba de se pentear diante do espelho, responde segura:

— Eles não virão mais.

— Sabe por quê? indaga segurando-a pelos ombros.

Ela olha para ele com ternura.

— Sei. Quando eles bateram na porta, começamos a nos amar.

Ele confirma:

— Foram embora porque ganhamos o direito de viver.

— Pierre, murmura ela, chegando-se ao rapaz, Pierre, nós ganhamos...

Ficam assim por um instante, depois ela pergunta:

— Que horas são?

Pierre dá uma olhada para o despertador que marca nove e meia.

OS DADOS ESTÃO LANÇADOS

— Dentro de uma hora, diz ele, a prova está terminada...

Sorridente, ela o força a se virar para o espelho, no qual suas imagens se refletem.

— Estávamos aí...

— É.

— Pierre... o que vamos fazer com esta nova vida?

— O que quisermos. Não devemos mais nada a ninguém.

Enquanto eles conversam, ouve-se um barulho na rua. É toda uma tropa que desfila, com tanques e veículos motorizados.

Pierre escuta...

Eve o observa sem uma palavra, cada vez mais apreensiva. Bruscamente, pergunta:

— Você não sente falta de seus camaradas?

— E você, sente falta de Lucette?

— Não, diz ela com firmeza.

Mas, segurando-lhe o braço, repete aflita:

— E você?

Pierre sacode a cabeça obstinado:

— Não.

Ele se solta, dá uns passos e para perto da janela. Nervoso, escuta o barulho da tropa cada vez mais próxima.

- Não acabam de passar. Devem ser muito numerosos...

Eve se aproxima, pega-lhe o braço, suplica:

- Pierre, não ligue para isso... Estamos sós no mundo...

Ele a abraça nervosamente e repete:

- É. Estamos sós no mundo...

Sua voz se eleva, se exalta para não ouvir mais o martelar dos passos e o barulho dos tanques.

- Vamos sair da cidade. Vou trabalhar para manter você. Serei feliz por trabalhar para você. Os companheiros, a Liga, a insurreição, você vai substituir tudo... Meu único bem é você, só você.

Ele quase grita a última frase, mas o tumulto do exército em marcha é ainda mais forte que sua voz.

Ele se desprende brutalmente e grita:

- Mas isso não para, não para.
- Pierre, eu lhe suplico. Pense apenas em nós. Dentro de uma hora...

Ele puxa a cortina e constata:

- São milhares... vai ser um massacre...

OS DADOS ESTÃO LANÇADOS

Afasta-se, caminha nervosamente até a cama, onde se senta, com a cabeça apoiada nas mãos.

Eve já sabe que nada mais poderá retê-lo; entretanto, ainda insiste:

– Pierre. Eles insultaram você. Queriam matá-lo. Você não lhes deve mais nada...

Ajoelhada diante dele, implora:

– Pierre, agora é comigo que você tem um compromisso...

Ele escuta o barulho da rua e responde distraído:

– É...

Em seguida, após breve silêncio, ele se decide:

– Eu preciso ir lá.

Eve olha-o com uma espécie de terror resignado:

– Foi por causa deles que você voltou...

– Não, afirma ele, segurando o rosto de Eve entre as mãos, não... foi por você...

– Então?

Ele sacode a cabeça, desesperado, mas teimoso:

– Não posso deixar que isso aconteça.

Com um movimento violento, ele se levanta, pega o paletó do espaldar da cadeira e, vestindo-o apressado, corre até a janela.

Está totalmente tomado pela febre da insurreição. Ansioso, mas ao mesmo tempo quase alegre.

– Pierre, diz ela, nós ainda não ganhamos... Falta-nos apenas uma hora...

Volta-se e a segura pelos ombros:

– Você iria gostar de mim se eu deixasse que os massacrassem?

– Você fez o que pôde.

– Não. Nem tudo... Sabe, há uma reunião dos chefes de seção dentro de meia hora. Vou lá. Tentar detê-los. Qualquer que seja a decisão, estarei de volta antes das dez e meia. Iremos embora, Eve. Vamos deixar a cidade, eu juro. Se você me ama, deixe-me ir. Senão, nunca mais vou poder me olhar num espelho...

Ela se agarra desesperadamente nele.

– Você volta?

– Antes das dez e meia.

– Jura?

– Juro.

Rápido, dirige-se para a porta, mas ela ainda o retém.

– Está bem, vá... murmura ela. Vá, Pierre. É a maior prova de amor que posso dar...

OS DADOS ESTÃO LANÇADOS

Ele a estreita nos braços e beija-a, mas parece meio desligado.

De repente, reflete:

– Eve. Você me espera aqui?

– Sim, eu... começa ela, depois, caindo em si, um pouco constrangida:

– Não... Vou tentar falar com Lucette. Telefone para mim lá em casa.

Ele a beija mais uma vez e corre para a porta. Eve repete com doçura:

– Agora, vá... E não se esqueça do que prometeu.

Ela vai até a cômoda, abre a gaveta e tira o revólver de Pierre, pega na mesa a bolsa na qual guarda a arma e dirige-se para a porta.

No momento de sair, muda de ideia, vem se debruçar na cama desarrumada e apanha a rosa que, na véspera à noite, usava no cabelo.

DIANTE DA CASA DE PIERRE

Pierre aparece na porta do prédio, empurrando a bicicleta. Antes de sair, examina rapidamente a rua; ao passar, olha para o grande relógio luminoso que marca vinte para as dez.

Alcança a rua, monta rapidamente na bicicleta e pedala.

A dez metros, escondido atrás de um portão, Lucien Derjeu observa a saída de Pierre. Ele também está de bicicleta.

Fica à espreita e, quando tem certeza de que não está sendo seguido, monta e acompanha Pierre a distância.

O PATAMAR DO QUARTO DE PIERRE

Eve sai do quarto, fecha a porta e desce depressa a escada.

UMA RUA

A rua é uma ladeira, e Pierre desce a toda velocidade com Lucien Derjeu no seu encalço.

NA CASA DOS CHARLIER

A mão de Eve introduz a chave na fechadura e abre com cautela.

OS DADOS ESTÃO LANÇADOS

A porta do *hall* se entreabre aos poucos. O rosto grave e tenso de Eve Charlier aparece no vão.

Ela se certifica de que o *hall* está deserto, entra, fecha a porta com cuidado e se dirige para a sala de visitas que fica no fundo do corredor. Ao passar, sua imagem se reflete no espelho do corredor, mas ela não presta atenção a esse detalhe.

Para um instante, escuta e abre com cuidado.

Vê André e Lucette sentados lado a lado no sofá...

Ele de roupão, ela de penhoar. Estão tomando café da manhã e conversam com intimidade. André parece armar uma encenação da qual só ele conhece os perigos. Mas talvez Lucette seja um pouco conivente...

Eve entra na sala e bate a porta com força...

O barulho arranca André e Lucette do torpor que os envolvia. Olham em direção à porta e se assustam. André muda de cor, Lucette se levanta, e os dois ficam, por um momento, sem voz e sem reação.

Eve caminha para eles com passo seguro e olhar firme. André consegue, enfim, se levantar.

Eve para a alguns passos do casal e diz:

– É, André, sou eu.

– Quem lhe deu licença? pergunta André.

Como se não o tivesse ouvido, Eve se instala numa poltrona.

À sua frente, Lucette, incapaz de dizer uma palavra, continua sentada.

De repente, André avança para a mulher, como se fosse pô-la para fora.

Então, Eve tira rapidamente o revólver de Pierre e o aponta para André, dizendo:

– Sente-se.

Apavorada, Lucette solta um grito.

– Eve!

André para hesitando quanto à atitude a tomar. Eve repete:

– Estou dizendo para você se sentar.

E, como Lucette acaba de se levantar, ela acrescenta:

– Não, Lucette, não. Se você se mexer, eu atiro em André.

Lucette, assustada, torna a se sentar. André volta ao lugar junto da moça.

Eve continua com o revólver na mão, mas encosta-o sobre a bolsa.

– Meu pobre André, diz ela, acho que não tenho mais nada a perder. Espero um telefonema que vai determinar meu destino. Mas, por enquanto, nós dois vamos conversar na frente de Lucette. Vou contar para ela a sua vida, ou pelo menos o que sei a respeito. E juro que, se você tentar mentir ou se eu não conseguir abrir os olhos dela, vou descarregar este revólver em você.

André engole com dificuldade.

Lucette está aterrorizada.

– Estamos de acordo? indaga Eve. E, como nem um nem outro dizem uma palavra, ela acrescenta:

– Então, eu começo... Há oito anos, André, você tinha esbanjado a fortuna de seu pai e começou a procurar um bom casamento...

O GALPÃO DOS CONSPIRADORES

O galpão é uma espécie de garagem abandonada, situada no subúrbio. Uns 30 homens se encontram reunidos de pé, olhando para Dixonne e Langlois que falam empoleirados na traseira de um velho caminhão sem pneus.

Dixonne termina um comunicado:

– São essas, camaradas, as últimas instruções. Voltem para seus postos o mais depressa possível e esperem as ordens... Dentro de vinte minutos, o movimento será desencadeado...

Os homens escutam com um ar tenso e ponderado. São todos operários, aparentando 30 anos.

Quando Dixonne se cala, há um silêncio e depois muitos perguntam ao acaso:

- E Dumaine?
- Por que Dumaine não está aqui?
- É verdade que ele era um delator?

Dixonne faz um gesto para obter silêncio e responde:

- Bem, camaradas, agora vou falar de Pierre Dumaine...

Por uma viela deserta, Pierre acaba de chegar ao galpão. Salta logo da bicicleta, lança um último olhar desconfiado em torno de si e se aproxima de uma porta larga.

Constata que a porta está fechada por dentro.

Correndo, contorna essa parte do galpão, salta a cerca de um jardinzinho sujo e desaparece...

De longe, colado ao muro, Lucien Derjue o espia. Está ofegante e suado.

Quando Pierre desaparece, ele espera um instante e depois se põe a correr na direção oposta à de Pierre...

OS DADOS ESTÃO LANÇADOS

Este pula num outro jardinzinho, assusta umas galinhas esqueléticas e para, enfim, sob uma lucarna que fica a alguns metros do chão...

Consegue alçar-se até à lucarna; equilibra-se e vê o que se passa no interior do galpão...

Dixonne continua falando:

– ... Tivemos a sorte de desmascará-lo ainda a tempo. Ele não conseguiu dar uma explicação e preferiu sumir.

Bem próximo, a voz de Pierre lança:

– É mentira!

Num só movimento, todos os rostos se voltam para a janela, e, surpresos, os conspiradores veem Pierre transpor a lucarna, pendurar-se no batente superior da janela e saltar no chão...

Rapidamente, Pierre se dirige para o grupo dos conspiradores. Todos se afastam para deixá-lo passar.

Pierre vai até o centro do galpão, bem perto do caminhão no qual se encontram Dixonne e Langlois.

Ele se volta, de mãos nos bolsos, mas com o corpo empertigado, pernas esticadas e começa a falar:

– Estou aqui, camaradas. Sim, está aqui o traidor, o vendido que fugiu depois de ter sido pago pelo Regente.

Dá uns passos no meio dos conspiradores, olhando-os bem de frente.

Pierre para e prossegue após um instante:

– Quem foi que encorajou a todos quando as coisas iam mal? Quem fundou a Liga? Quem trabalhou durante anos contra a Milícia?

Enquanto fala, Pierre chega perto do caminhão e aponta para Dixonne e Langlois:

– Ontem, Langlois e Dixonne me acusaram indignamente, e eu não quis me defender. Diante de vocês, vou me defender... Não por mim, mas por vocês. Não quero que sejam massacrados.

UMA CABINE TELEFÔNICA

Lucien Derjeu acaba de entrar na cabine telefônica de um boteco vizinho. Agitado disca um número e espera, ansioso...

Com a outra mão, enxuga o suor da testa, enquanto vigia com um olhar amedrontado, através do vidro, a rua deserta...

OS DADOS ESTÃO LANÇADOS

O ESCRITÓRIO DO CHEFE DA MILÍCIA

O Chefe da Milícia está sentado à escrivaninha, inclinado sobre um mapa, cercado de vários chefes de seção fardados. Percebe-se que estão tensos à espera do mesmo acontecimento.

O toque do telefone rompe o silêncio.

O Chefe da Milícia atende a um dos vários aparelhos que estão sobre a mesa, ouve e, num relance de olhos, avisa os ajudantes que é mesmo a chamada tão esperada.

Ele escuta com a fisionomia atenta, apoiando as declarações do interlocutor com breves:

– Sim... sim...

Secamente, ordena a um dos guardas:

– Anote... Cruzamento de Alheine... antiga garagem Dubreuil...

O GALPÃO DOS CONSPIRADORES

Terminando as explicações, Pierre indaga com veemência:

– Vocês acreditam em mim, camaradas?

A voz de Dixonne se eleva:

— Camaradas!

Mas, num movimento violento, Pierre volta-se para ele e ordena:

— Cale-se, Dixonne. Só fale quando eu lhe der a palavra.

Em seguida, indicando o grupo que os cerca, acrescenta:

— Enquanto os camaradas não me condenarem, continuo sendo o chefe.

Então, uma voz anônima pergunta:

— E a mulher de Charlier, Pierre?

Pierre graceja:

— Chegamos ao ponto. A mulher de Charlier.

Dá um passo em direção ao homem que falou:

— Sim, eu conheço a mulher de Charlier. É, conheço... E sabem o que ela fez? Abandonou o marido para viver comigo... foi ela quem me informou... Fomos traídos, rapazes. Traídos.

Nervosamente, sempre falando, ele caminha à frente da pequena tropa, e sente-se que os outros começam a acreditar nele.

— Os milicianos, prossegue, foram convocados e estão nas casernas. Três regimentos entraram esta noite na cidade.

OS DADOS ESTÃO LANÇADOS

Ele volta para perto do caminhão e se dirige agora a Dixonne e a Langlois – que começam também a se convencer:

– O Regente conhece todos nós... Sabe o que estamos preparando. Não fez nada até agora só para nos apanhar em cheio.

– E como se pode provar que é verdade? pergunta um dos homens.

Pierre encara de novo o grupo.

– Com nada. É uma questão de confiança... Vocês desconfiam de um homem que trabalhou dez anos com vocês, ou acreditam na palavra dele? Eis a questão.

Essa declaração provoca murmúrios entre os conspiradores...

Pierre insiste com veemência:

– Se eu fosse um traidor, o que estaria fazendo aqui?

Então, um dos homens se destaca do grupo e vem se pôr ao lado de Pierre.

– Camaradas, eu acredito nele, diz muito sério. Ele nunca mentiu para nós.

Um, depois outro, um outro ainda vêm se juntar a ele:

– Eu também...

— Eu também, Pierre...

Há uma reviravolta geral e espontânea de todos para com Pierre.

— Estou com você, Dumaine...

Pierre exige silêncio:

— Então, escutem... Hoje não se faz nada. Eu...

Um toque de telefone lhe corta a palavra.

Pierre se cala. Todos se voltam para um canto da garagem.

Preocupado, Langlois salta do caminhão e corre para uma pequena cabine, enquanto os outros permanecem no lugar, imóveis e tensos.

Ouve-se a voz de Langlois entrecortada por longos silêncios:

— Sim... sim... Onde? Não... O quê?... Não... Não... Espera as ordens.

Langlois sai agora da cabine, aflito e atormentado.

Vem até o grupo, olha Pierre e Dixonne e declara:

— Começou. O grupo Norte está atacando a Prefeitura...

Pierre, para quem todos os olhares logo convergem, faz um gesto de impotência e desespero. Deixa cair os braços, abaixa a cabeça e dá uns passos em direção ao fundo da garagem.

OS DADOS ESTÃO LANÇADOS

Abalado, Dixonne pergunta com voz indecisa:
- Pierre... o que vamos fazer?

Pierre se volta desesperado e com veemência:
- O que vamos fazer? Não sei e pouco me importa.

Dá mais alguns passos, de punhos crispados, volta-se e diz com violência:
- Vocês tinham que me ouvir quando ainda era tempo. Agora se virem, eu lavo minhas mãos...

No entanto, ele não vai embora. Volta em direção aos camaradas, de mãos nos bolsos e cabeça baixa.

Dixonne insiste:
- Pierre, nós estávamos enganados. Mas não abandone a gente... Só você pode fazer alguma coisa... Sabe o que eles prepararam...

Sem responder, Pierre dá uns passos sob os olhares angustiados dos camaradas.

Enfim, ergue a cabeça e pergunta com um sorriso triste:
- Que horas são?

Dixonne consulta o relógio:
- Dez e vinte e cinco.

Pierre pensa profundamente.

Diz, por fim, com grande esforço:

— Está bem, eu fico...

Logo depois, acrescenta dirigindo-se a Dixonne:

— Só um momento, preciso telefonar.

Vai até a cabine envidraçada e fecha a porta, enquanto no vão de um postigo, a alguns metros dali, aparece o rosto de Lucien Derjeu, que o observa.

A SALA DE VISITAS DOS CHARLIER

Eve está de pé atrás do sofá, de revólver em punho. André e Lucette continuam sentados sem se olhar. Eve acaba de falar.

— É isso, Lucette, isso é a vida de André... É mentira, André?

Aparentando medo e dignidade ofendida, André responde desdenhoso:

— Não há resposta. Você está louca.

— Bem... diz simplesmente Eve.

Ela se inclina e pega no bolso de André um molho de chaves.

— Então, Lucette, vá buscar as cartas que estão na escrivaninha dele.

Ela estende o molho à irmã, que não se mexe.

Eve repete mais alto:

— Vá, Lucette, se você não quiser ver André morto.

Ao mesmo tempo, ela aponta o revólver para a cabeça de André.

Lucette, assustada, pega o molho de chaves, levanta-se e vai para a porta.

Nesse momento, toca o telefone.

Eve e André estremecem.

André vai se levantar, mas Eve ordena:

— Não se mexa. É para mim.

Ela vai rapidamente até o telefone.

Lucette e André observam Eve, que acaba de atender.

Encostada na parede, sempre apontando o revólver para o casal, Eve responde:

— Alô?...

Imediatamente muda de tom:

— É você, Pierre?... Então?

Ouve por um instante, a fisionomia tensa e angustiada:

— Ah, não... não, Pierre...

Eve, transtornada, repete:
- Você não pode... Não é possível. Vão matar você, é absurdo. Lembre-se de que eu amo você, Pierre... Foi para amar que nós voltamos.

O GALPÃO

Pelo vidro da cabine, vê-se Pierre que telefona.

Também está transtornado, mas não pode recuar...
- Compreenda, Eve... suplica ele. Por favor, me compreenda... não posso abandonar os companheiros... Sim, eu sei... eles não têm nenhuma chance, mas eu não posso...

No alto da cabine, um relógio elétrico marca 10 e 29...

A FACHADA DO GALPÃO

Dois carros abarrotados de milicianos chegam a toda velocidade e param diante do galpão.

OS DADOS ESTÃO LANÇADOS

Logo os milicianos se espalham e cercam o prédio.

A SALA DE VISITAS DOS CHARLIER

Eve continua ao telefone:
— Não, Pierre. Não faça isso... Você mentiu para mim... Está me abandonando... Você nunca me amou...

O GALPÃO

— É claro que amo você, Eve, responde Pierre. Amo muito. Mas não tenho o direito de abandonar os companheiros.

Ele não vê Lucien Derjeu que, do pequeno postigo, visa Pierre cuidadosamente com o revólver.

Aflito, Pierre chama:
— Eve... Eve.

Com fúria, Lucien Derjeu descarrega a arma.

JEAN-PAUL SARTRE

A SALA DE VISITAS DOS CHARLIER

Pelo telefone, ouve-se o estrondo dos tiros. Como se tivesse sido atingida pelas balas, Eve escorrega ao longo da parede e cai...

André se levanta de um salto, enquanto Lucette lança um grito terrível.

O GALPÃO

Muitos homens se precipitam em direção à cabine telefônica cujo vidro voou em estilhaços. Quando um deles abre a porta, o corpo de Pierre cai a seus pés...

No mesmo instante, explode uma rajada de metralhadora.

Uma voz grita:

— A Milícia!

Outra rajada despedaça a fechadura da porta. Os conspiradores se espalham e correm para os cantos, procurando se proteger.

Ao mesmo tempo, sacam suas armas.

Os batentes da porta escancaram-se. Os milicianos atiram para todos os lados. Os

OS DADOS ESTÃO LANÇADOS

conspiradores reagem, mas sua inferioridade é esmagadora.

Por duas janelas, granadas lacrimogêneas são lançadas e soltam uma fumaça sufocante.

Dixonne e Langlois, já com os olhos embaçados, atiram protegidos pelo caminhão.

Em torno deles, os companheiros tossem; alguns param de atirar para esfregar os olhos.

Uma bala arrebenta o relógio elétrico, cujos ponteiros marcam 10 e 30...

Nesse momento, as pernas de Pierre passam por cima do próprio corpo... Ele para um instante no vão da porta, olha em torno de si e dá de ombros.

Em seguida, avança através da fumaça que se torna cada vez mais densa.

Fora, milicianos cercam a saída, de armas apontadas, esperando que os conspiradores se rendam. Pierre sai do galpão e passa invisível entre os milicianos.

O PARQUE

O salão de chá está fechado. Lá também a batalha deixou marcas. Vidraças estão quebradas.

As paredes estão lascadas pelas balas. Galhos partidos cobrem a pista de dança e as alamedas do parque.

Mesas e cadeiras foram empilhadas às pressas, outras estão caídas pelo chão.

Ouve-se ainda, ao longe, o tiroteio espaçado.

Pierre e Eve estão sentados num banco. Ele, inclinado para a frente, os cotovelos fincados nos joelhos. Ela está perto dele – mas há um pequeno espaço entre eles.

Em torno, tudo está deserto.

Alguns mortos passeiam ao longe...

Enfim, Eve olha Pierre e diz com doçura:

– Tudo não está perdido, Pierre. Outros vão continuar seu trabalho...

– Eu sei. Outros. Mas não eu.

– Pobre Pierre!... murmura ela com imensa ternura.

Ele levanta a cabeça e pergunta:

– E Lucette?

E, como Eve encolhe os ombros sem responder, ele suspira:

– Coitada!

Parece, pela primeira vez, que Eve foi atingida pela indiferença da morte.

OS DADOS ESTÃO LANÇADOS

— Daqui a alguns anos, diz ela tranquila, será uma morta como nós... É só esperar...

Ficam por um instante em silêncio.

De repente, uma voz pronuncia:

— Eu não esperava encontrá-los aqui.

Levantam os olhos e dão com o velho do século XVIII, sempre lépido, que pergunta:

— Não deu certo?

— Seiscentos mortos e feridos, responde Pierre. Dois mil presos.

Aponta com a cabeça na direção de onde vem o tiroteio e acrescenta:

— ... E ainda não acabou...

— E vocês dois... Vocês não conseguiram? pergunta o velho.

— Não, replica Eve, não conseguimos... Os dados estão lançados, como o senhor vê. Não se pode voltar atrás.

— Lamento muito... assegura o velho com muita vontade de ir embora. E, como nesse momento passa uma jovem morta bastante bonita perto deles, ele diz para se desculpar:

— Quero lembrá-lo que meu Clube está sempre aberto para o senhor. Assim como para a senhora...

Sem mais esperar, ele vai atrás da jovem morta...

Pierre e Eve agradecem com a cabeça, calados. Ficam por muito tempo assim, lado a lado, sem falar. De repente, Pierre diz com muita doçura:

- Eu amei você, Eve...
- Não, Pierre. Não acredito.
- Eu a amei de todo o coração, afirma ele.
- Está bem, é possível. Mas de que adianta agora?

Ela se levanta.

Pierre repete murmurando:

- É. De que adianta?

Permanecem por um instante de pé, um diante do outro, constrangidos e numa indiferença triste e cortês.

- Você irá a esse clube? interroga Pierre.
- Talvez.
- Então... até logo.

Eles se dão as mãos e se separam.

Mas, assim que andam, chega correndo até eles um casal de jovens.

Pierre reconhece a jovem afogada que estava na fila do beco Languénésie.

OS DADOS ESTÃO LANÇADOS

Muito emocionada, ela indaga:

– O senhor está morto?

Pierre faz um gesto afirmativo.

Então, ela prossegue:

– Acabamos de descobrir que fomos feitos um para o outro...

– E não nos havíamos encontrado na terra, acrescenta o rapaz. Falaram-nos do artigo 140. O senhor está a par?

Pierre, depois de um sorriso conivente para Eve, responde apenas:

– Vocês podem se informar na rua Languénésie...

A moça percebe o olhar de Pierre. Vira-se para Eve:

– Nós estamos procurando por toda a parte... Onde fica?

Sorrindo, Eve mostra o salão de chá devastado:

– Vão dançar. E, se vocês não estiverem enganados, de repente, ela aparece.

Os jovens se olham um pouco espantados, mas têm tanta vontade de acreditar...

Murmuram:

– Obrigado, senhora...

Em seguida, de mãos dadas, um pouco ansiosos, eles se afastam. Mas, depois de alguns passos, voltam-se e perguntam timidamente:
- Vocês estão com um jeito engraçado... Ao menos, é verdade? Não vai nos acontecer nada de mal?
- Podemos tentar recomeçar nossa vida? insiste o rapaz.

Pierre e Eve se olham hesitantes.

Sorriem amáveis para os jovens.
- Tentem, aconselha Pierre.
- Tentem, assim mesmo, murmura Eve.

Mais tranquilos, os dois jovens se põem a correr na direção do salão de chá.

Então, Pierre se volta para Eve e, com muita ternura, faz um gesto de adeus. Muito comovida, Eve responde com o mesmo gesto.

Lentamente, deixam cair os braços, afastam-se e vão embora, cada qual para seu lado.

E, na pista devastada, os dois jovens se enlaçam e começam a dançar para tentar voltar à vida...

Especificações técnicas

Fonte: Times 13 p
Entrelinha: 14 p
Papel (miolo): Offset 75 g/m^2
Papel (capa): Cartão 250 g/m^2